S. A. Bodeen

Nichts als überleben

S. A. Bodeen

# NICHTS ALS ÜBERLEBEN

Roman

Aus dem Amerikanischen
von Friederike Levin

GULLIVER
von BELTZ & Gelberg

Für Tim und alle, die schon mal im Flieger nach Midway gesessen haben ...

Dieses Buch ist auch als E-Book erhältlich
(ISBN 978-3-407-74582-8)

FSC
www.fsc.org
MIX
Papier aus verantwortungsvollen Quellen
FSC® C089473

www.beltz.de

in der Verlagsgruppe Beltz · Weinheim Basel
Werderstr. 10, 69469 Weinheim

Die amerikanische Originalausgabe erschien unter dem Titel *The Raft* bei
Feiwel and Friends, an imprint of Macmillan, New York

Published by Arrangement with Stephanie Stuve-Bodeen
Dieses Werk wurde vermittelt durch die Literarische Agentur Thomas Schlück
GmbH, 30827 Garbsen
Aus dem Amerikanischen von Friederike Levin
Lektorat: Christian Walther
Neue Rechtschreibung
Einbandgestaltung: Cornelia Niere mit Roland Werner, München
Druck und Bindung: Beltz Bad Langensalza GmbH, Bad Langensalza
Printed in Germany
ISBN 978-3-407-74581-1
1 2 3 4 5 19 18 17 16 15

Um zu überleben, muss man kämpfen,
um zu kämpfen, muss man sich schmutzig machen.
*George Orwell*

# EINS

Der Typ mit dem limonengrünen Irokesenschnitt und den dunklen Holzsteckern in den Ohrläppchen sah auf mich hinab, die lange silberne Nadel in seiner gummibehandschuhten Hand zeigte mitten in mein Gesicht.

»Warte mal.« Ich schluckte und klammerte mich an den Armlehnen des Stuhles fest.

Er schob eine Hüfte vor und verdrehte die Augen. »Willst du jetzt ein Nasenpiercing oder nicht?«

»Doch, schon … aber fällt dir vielleicht noch was Schlimmeres ein?« Ich zeigte auf die Nadel. »Was Schlimmeres als die da?«

Wahrscheinlich fand er meine Bitte einfach nur bescheuert, aber das war nun mal mein Trick, mit unangenehmen Sachen fertigzuwerden. Wenn mir etwas Schlimmeres einfiel, konnte ich besser damit umgehen. Ob es eine Füllung beim Zahnarzt war oder der Physiktest zum Schuljahresabschluss, mir Sachen auszudenken, die schlimmer waren, half mir bei neuen Herausforderungen.

Der grüne Irokese sah sich um und dachte anscheinend darüber nach. Eine blonde Schwangere in hohen Wildlederstiefeln und einem fuchsiaroten, schulterfreien Kleid wühlte in einer Kiste mit Goldkreolen, die vor der Theke stand. Mit einem behandschuhten Finger deutete er auf sie. »Entbindung. Das ist mit ziemlicher Sicherheit schmerzhafter.«

»Ich bin fünfzehn.« Diesmal verdrehte ich die Augen. »Geht's vielleicht ein bisschen verhältnismäßiger? Nicht so total unwahrscheinlich?« Ich machte mich bereit zu gehen.

Er deutete nach unten auf seine schwarzen Flip-Flops. »Siehst du meine großen Zehen?«

Mein Blick wanderte abwärts und ich zuckte zusammen. Seine Zehen waren groß und schwielig mit gelben Nägeln. Eindeutig die hässlichsten Zehen, die ich je gesehen hatte.

Der grüne Irokese sagte: »Letztes Jahr bin ich auf den Kilimandscharo geklettert. Beim Abstieg habe ich mir die großen Zehen in den Stiefelspitzen gequetscht. Ich musste mir die Zehennägel ziehen lassen. Hat elf Monate gedauert, bis sie wieder nachgewachsen waren.«

Ich fragte: »Und das war schmerzhafter als ein Nasenpiercing?«

»Würde ich sagen.« Er zuckte mit den Schultern. »Können wir jetzt anfangen?«

Ich nickte und schloss die Augen, als er die Nadel in meine Haut bohrte.

Ein stechender Schmerz jagte durch meine Nase. »Verfluchter Mist!« Meine Augen tränten so sehr, dass ich wie verrückt blinzeln musste, dann gab ich auf und schloss die Lider. Als ich sie wieder öffnete, sah ich erst den grünhaarigen Lügner vor mir stehen, dann blickte ich in den Spiegel, um den Diamanten zu betrachten, der meine Nase zierte. »Krass.«

»Du darfst einen Monat lang nicht ins Schwimmbad gehen. Das Wasser ist zwar gechlort, trotzdem könnten Bakterien drin sein. Seen und Flüsse solltest du ebenfalls meiden. Das Meer auch, nur zur Sicherheit. Damit sich nichts infiziert.« Er reichte mir ein Plastiktütchen mit Desinfektionstupfern und einer Anleitung auf einem schlecht kopierten Zettel. »Jetzt kannst du mit deinem neuen Look aus Honolulu aufs Festland zurück.«

»Hm, na ja«, sagte ich, als ich mich plötzlich fragte, wie viel Ärger meine Eltern wohl machen würden, wenn sie meine Nase sahen. »Ich komme gar nicht vom Festland. Ich wohne in der anderen Richtung, draußen auf den Midway Inseln.«

»Die Inseln aus der Schlacht um Midway?«

Ich nickte.

Er zog die Augenbrauen hoch und nickte auch. »Wie cool. Du Glückliche.«

*Glücklich.*

Wenn ich von jedem, der mir das sagte, einen Dollar kriegen würde, wäre ich reich, denn das bekam ich immer zu hören, wenn ich Leuten von meinem Leben erzählte.

Wenn ich ihnen erzählte, dass ich auf einem Korallenatoll mitten im Pazifik lebte.

*Glücklich.*

Wenn ich ihnen sagte, dass ich nicht in eine normale Schule ging.

*Glücklich.*

Wenn ich ihnen sagte, dass ich mit Delfinen und Mönchsrobben und nistenden Albatrossen abhing.

*Glücklich.*

Seit drei Jahren forschten meine Eltern als Biologen auf dem historischen Midway, das inzwischen ein staatliches Wildtierschutzgebiet ist, und deshalb wohnte ich da auch, im alten Seefahrerheim namens Midway Horse. Sicher, es war cool, dass ich ein eigenes Golfmobil besaß, mir zu Hause die Schulzeit selbst einteilen konnte und Fotografen von National Geographic persönlich kannte. Außerdem wusste ich mehr über Meerestiere und Seevögel als die meisten graduierten Forscher.

Das waren Dinge, bei denen auch ich fand, dass ich glücklich war.

Aber es gab andere Dinge, bei denen ich mir ganz und gar nicht glücklich vorkam.

Zum Beispiel, wenn das Internet gleich mehrere Tage hintereinander streikte, oder weil ich noch nicht mal ein Handy besaß, denn wir wohnten in einem Funkloch, und weil wir nur drei

Fernsehsender empfingen, von denen einer CNN war und keiner MTV. Wozu also überhaupt fernsehen?

Ganz zu schweigen von der Tatsache, dass ich die einzige Jugendliche unter ungefähr fünfzig Erwachsenen war, weshalb ich niemanden zum Reden hatte, außer meinen Facebook-Freunden, und die auch nur, wenn das Internet funktionierte.

In letzter Zeit schien es viel mehr Tage zu geben, an denen ich mein Leben nicht gerade glücklich, sondern eher zum Kotzen fand.

Ich bezahlte den grünen Irokesen, gab ihm ein bisschen Trinkgeld und trat dann den Rückweg zu AJs Apartment an.

Wenn ich kurz vor dem Durchdrehen war, rettete mich Dads Schwester, meine Tante Jilian, die in Honolulu lebte. AJ, wie ich sie nannte, wohnte direkt am Waikiki Beach und war Beraterin, was bedeutete, dass sie von zu Hause aus arbeitete. Sie war viel jünger als Dad, ungefähr dreißig, und wenn ich die Isolation nicht mehr aushielt, setzten mich meine Eltern in einen Versorgungsflieger, der von Midway nach Honolulu zurückkehrte, und schickten mich zu ihr. Und genau so verbrachte ich den Monat Juni.

Als ich durch die Tür kam, telefonierte AJ gerade. Sie hatte ihr langes braunes Haar mit einem Clip hochgesteckt und trug einen mit rotem Frangipani übersäten Kaftan über ihrem roten Bikini. AJs Augen weiteten sich, als sie meine Nase sah, dann machte sie das Daumen-hoch-Zeichen. Sobald sie aufgelegt hatte, kam sie zu mir, griff mir unters Kinn und begutachtete mein neues Piercing. »Lass sehen, was ich dir da für einen Diamanten spendiert habe.« Sie grinste. »Deine Eltern werden dir nie wieder erlauben, mich zu besuchen.«

Ich schleuderte meine grüne Häkeltasche auf den Tisch. »Ich zieh mir meinen Badeanzug an.«

AJ verbrachte jeden Tag mit mir am Pool, obwohl sie immer versuchte, mich aus meinem Trott zu reißen. Sie rief durch die Badezimmertür: »Können wir heute nicht mal an den Strand gehen, Robie? Beim Hilton finden wir bestimmt einen guten Platz.«

»Kommt nicht infrage.« Ich zog meinen pinkfarbenen Gepardenbikini an. »Zwei Worte. *Sand* und *Wellen.*«

Sie lachte. »Ich kenne niemanden, der auf einer Insel lebt und so eine heftige Aversion gegen das Meer hat.«

»Ich liebe das Meer!«, protestierte ich, als ich die Tür öffnete.

AJ stöhnte. »Solange du nicht mit ihm in Berührung kommst.«

»Ganz genau. Ich schaue es mir gern an.« Ich deutete auf meine Nase. »Außerdem habe ich Anweisung, nicht ins Wasser zu gehen.«

Sie schüttelte den Kopf. »Endlich eine perfekte Ausrede, nicht nass zu werden.«

Wir gingen runter zum Pool. Mit einem zufriedenen Lächeln lehnte ich mich in meinem Liegestuhl zurück und schaltete meinen e-Reader mit dem neuesten Stephen King ein, mit dem ich fast fertig war. Es gab absolut keinen Ort, an dem ich in diesem Moment lieber gewesen wäre. »So lässt es sich leben.«

Sie fragte: »Weißt du schon, was wir heute Abend unternehmen wollen?«

Wir gingen jeden Abend aus, zum Beispiel ins Kino oder zur Pediküre ins Ala Moana Center. Auf meinen großen Zehennägeln prangte seit Neuestem leuchtend orangeroter Lack mit Strassblumen. Eines Abends überraschte mich meine Tante, indem sie eine Freundin einlud, um mir Cornrows zu flechten. Mein aschblondes Haar reichte mir fast bis zur Taille, weshalb es ewig dauerte. Als sie fertig war, blickte ich in den Spiegel und versuchte, mir meinen Schock nicht anmerken zu lassen. Wegen meiner hellen Haut sah ich mit Cornrows ein bisschen protzig aus. Außerdem sah ich mir überhaupt nicht mehr ähnlich. Ich wollte aber nicht, dass AJ Schuldgefühle bekam, also log ich und sagte, ich fände sie super. Meinem Dad würden sie gefallen, deshalb nahm ich mir vor, sie zu behalten, bis ich wieder auf Midway war, nur um sie ihm zu zeigen. Es machte auch irgendwie Spaß, durch die Gegend zu laufen und sich inkognito zu fühlen.

AJ wartete auf meine Antwort wegen heute Abend.

»Zum International Market Place?«, schlug ich vor.

»Wenn du willst. Und danach zur Cheesecake Factory?«

»Unbedingt.«

Der International Market Place war eine Ansammlung von Ständen und Geschäften, in denen man alles kaufen konnte. Dort fand ich am Abend einen Stand für Henna-Tattoos, an dem mir eine Hawaiianerin mit dunklem Haar bis zur Hüfte und drei Ringen in der Nase zuwinkte.

Ich wollte eigentlich ein echtes Tattoo, aber meine Eltern würden schon wegen meiner Nase ausflippen. AJ hatte ihr Einverständnis erst gegeben, nachdem ich versprochen hatte, dass ich alle Schuld auf mich nehmen würde. So weit reichte ihr Coolsein. Den Diamanten, der, das musste sogar sie zugeben, der absolute Knaller war, hatte sie auch springen lassen. Insofern hatte ich mein Quantum an quasidauerhaften Veränderungen an meinem Körper, die meinen Eltern missfallen würden, bereits aufgebraucht, und blätterte im Buch mit den Henna-Tattoos.

AJ tippte mir auf den Arm. »Ich bin gleich da drüben bei den bepflanzten Muscheln.«

»Willst du dein Aumakua?«, fragte die Hawaiianerin.

»Was ist das?«

»Dein Ahnenführer. Der Geist, der dein Ohana beschützt. Deine Familie, verstehst du?«

»Ich bin keine Hawaiianerin.«

Sie lächelte. »Meiner ist die Honu.« Sie deutete auf das Bild der Seeschildkröte.

»Ich liebe grüne Seeschildkröten.« Ich setzte mich auf den Holzstuhl und legte meinen Fuß auf einen Hocker.

Mit einer kleinen Plastikflasche spritzte sie das braune Henna auf, als würde sie malen, und es kitzelte an meinem Knöchel. Die Hennaschildkröte sah aus wie brauner Schlamm, als sie fertig war. »Es wird trocknen, aber lass es drauf.« Die Hawaiianerin gab mir eine kleine Tüte mit einem Wattebausch. »Der ist mit Zitronensaft getränkt. Wenn du das Tattoo ein paarmal damit betupfst, hält das Henna länger.«

Ich gab ihr drei zerknitterte Fünfer und machte mich auf die Suche nach AJ.

Vor der Cheesecake Factory stand eine lange Schlange, aber ich wand mich durch die Traube und in das laute Restaurant, wo AJ bereits an einem Tisch saß. Wir teilten uns ein Stück Schildkröten-Käsekuchen. AJ hatte sich gerade koffeinfreien Kaffee nachschenken lassen, als ihr Telefon klingelte.

Sie warf einen Blick auf das Display. »Barney.«

Selbst ich wusste, dass Barney der Typ war, der ihr die meisten Aufträge verschaffte. AJ nahm seine Anrufe immer an. »Hallo, Barney.«

Ich beugte mich herab und betastete mein Tattoo. Das Henna war hart und fühlte sich an, als ob es meine Haut austrocknen würde.

Über dem Tisch kniff AJ die Augen zusammen, während sie eine Weile zuhörte. »Muss das sein?« Sie lauschte noch ein bisschen und rollte mit den Augen. »Nein. Nein, alles gut. Ich komme morgen.« Sie tippte auf das Display und legte eine Hand auf meine. »Es tut mir so leid, Robie. Ich muss Morgen nach L.A.«

»Das ist übel.« Ich hatte keine Lust, meinen Besuch abzubrechen und nach Midway zurückzukehren. Aber ich sah ihr Gesicht und fuhr fort: »In einer Woche wollte ich sowieso zurück.« Ich nippte an meiner Cola.

Die Bedienung brachte die Rechnung und AJ packte ihre Lesebrille aus. »Du musst ja nicht zurück.« Sie neigte sich vor, als würde sie mir ein Geheimnis anvertrauen. »Bobbi kann bei dir bleiben.«

Ich unterdrückte ein Stöhnen und setzte ein Lächeln auf.

Bobbi war eine Freundin von AJ, die am anderen Ende von Oahu wohnte. Wir hatten sie ein paarmal in ihrem Strandhaus besucht, in dem immer Chaos herrschte und es von stinkenden Katzen wimmelte. Bobbi war alt, so um die fünfzig, und hatte dicke Dreadlocks bis zur Taille und eine richtig dunkle Lederhaut. Sie machte sich nichts aus BHs. Oder Deos.

»Nein, ist schon in Ordnung. Ich kann nach Midway zurückfliegen.« Ich hielt inne. »Oder … ich könnte doch einfach allein bei dir bleiben.«

Sie hob an, den Kopf zu schütteln und zu protestieren, aber ich schnitt ihr das Wort ab. »AJ, ich bin fast sechzehn.«

AJ schnaubte durch die Nase. »Robie. Du bist nicht fast sechzehn. Du bist erst vor zwei Monaten fünfzehn geworden.«

Ich zuckte mit den Schultern. »Trotzdem, bei dir gibt's massenweise Security, ich kenne mich aus …«

Sie sah mich über den Rand ihrer schwarzen Katzenaugen-Lesebrille an. »Deine Eltern würden mich umbringen.«

»Und wenn wir es ihnen nicht sagen?«

AJ tippte eine Weile mit dem Stift auf die Rechnung und deutete dann auf mich. »Nur wenn Bobbi jeden Tag nach der Arbeit bei dir vorbeischaut.«

*Grr.* »Jeden zweiten Tag.«

Ihre Stimme war fest. »Jeden Tag.«

»Einverstanden.« Ich streckte meine Hand aus und sie schlug ein.

Am nächsten Morgen erteilte mir AJ ungefähr eine Stunde lang Instruktionen, Ermahnungen und Warnungen, bevor sie zum Flughafen aufbrach. Ich machte mich gerade für den Pool fertig, als das Telefon klingelte. Es war Bobbi. »Hallo, Robie. Ist Jilian schon abgeflogen?«

Genau genommen nicht, weil sie vermutlich noch am Flughafen saß. »Nein.«

»Ich kann jetzt nicht reden, aber würdest du ihr etwas ausrichten?«

»Na klar.«

Bobbi redete schnell. »Ich werde nicht vorbeikommen können, wie ich es versprochen habe. Mein Auto ist liegen geblieben und deshalb muss ich mir eins mit einem Typen von hier oben teilen.«

»Das macht nichts.« Ich lächelte, als ich sah, dass AJ ein kleines Vermögen an Banknoten für mich auf der Küchentheke hinterlassen hatte.

»Wird sie jemand anderen finden, der nach dir sehen kann?«

»Ja. Ganz bestimmt. Mach dir keine Sorgen.«

Ich legte auf. Ich war für eine Woche frei. Ich vermisste AJ zwar jetzt schon, führte aber trotzdem einen kleinen Tanz auf.

*Frei!*

# *ZWEI*

Starbucks war im Erdgeschoss von AJs Apartmenthaus und ich rannte wie jeden Morgen nach unten und holte mir einen großen Vanilla-Frappuccino. Bevor ich zum Pool ging, um zu lesen, wusch ich das restliche Henna ab. Die Schildkröte war blass orangefarben, aber die Frau hatte gesagt, dass sie dunkler werden würde.

Anschließend tränkte ich mein neues Piercing vorsichtig mit Desinfektionslösung.

Am Pool saß niemand außer mir und ich blieb nicht so lange wie sonst.

Wieder zurück in AJs Apartment, zog ich mir die restlichen DVDs der neuesten *Battlestar Galactica*-Staffel rein. Auf Midway kam ich selten zum Fernsehen, und das holte ich nach, wenn ich in Honolulu war. AJ hatte einen Netflix-Account, und wenn ich sie besuchte, sah ich mir normalerweise eine ganze Staffel oder sogar zwei an. Es war vielleicht seltsam, dass ich nicht wie andere Leute fernsehen und mir das Zeug erst viel später ansehen konnte, als es ausgestrahlt worden war, aber dafür musste ich auch nicht wochenlang warten, um zu erfahren, wie es weiterging.

Andererseits war es manchmal auch total enttäuschend, sich eine ganze Staffel in wenigen Tagen reinzuziehen. Ich war so vertieft in die Charaktere und ihre Geschichte, schlief und aß mehr oder weniger mit ihnen, dass es noch schwieriger wurde, damit aufzuhören und zu akzeptieren, dass es zu Ende war.

Mitten in der letzten Episode brach ich in Tränen aus und

musste auf »Pause« drücken, weil ich nach Kleenex suchte. Schließlich gab ich mich mit einer Rolle Toilettenpapier zufrieden, die ich bis zum Ende der Folge fast aufgebraucht hatte.

Ich schaltete den Fernseher aus. Meine Schultern sackten nach vorn und ich schluchzte und putzte mir wieder die Nase. Ich war total erschöpft. Ich hätte mir die Staffel noch einmal von vorn ansehen und zum ersten Mal erneut zu Starbucks gehen können, entschied mich aber dagegen.

Mittags aß ich einen Nudelsnack und ging dann ins Ala Moana Center. Seit ich acht war, besuchte ich AJ in Honolulu und kannte mich aus. Nachdem ich eine Weile gebummelt war und ein Paar pinkfarbene High Top Chuck Taylors erbeutet hatte, kehrte ich ins Apartment zurück, das mir sehr still und leer vorkam.

AJ besaß mehrere Staffeln von *Lost* auf DVD, also legte ich die erste Episode ein. Der Flugzeugabsturz war ein bisschen heftig, aber ich konnte nicht aufhören, bevor die Folge zu Ende war. Ich fand, dass ein Schläfchen nicht schaden könnte, statt mir die nächste Episode anzusehen. Als ich aufwachte, war es dunkel. Ich hatte vorgehabt, bei McDonald's zu Abend zu essen, ging aber normalerweise nicht allein aus, wenn es dunkel war. Andererseits war ich hier in Honolulu, das ich wie meine Hosentasche kannte, und McDonald's war kaum fünf Minuten weit weg.

Der tropische Abend war warm und windig und auf den hell erleuchteten Straßen waren massenweise Leute. Trotzdem klopfte mein Herz ein bisschen, als ich die Straße überquerte. Mir war nie aufgefallen, dass ich in Honolulu immer in Begleitung unterwegs war, entweder mit AJ oder mit meinen Eltern. Genau genommen unternahm ich nie etwas allein. Sogar auf Midway war immer jemand in der Nähe, selbst wenn ich allein war.

Als ich mit meinem Cheeseburger-Menü in der einen und einem Vanilleshake in der anderen Hand zurücklief, überlegte ich, ob ich jemals etwas allein unternommen hatte. Ein verdreckter Typ ohne Hemd lehnte an einer Ampel, bei der ich auf Grün wartete. Aus dem Augenwinkel sah ich, dass er mich beobachtete, und rückte vorsichtig beiseite, bemüht, dabei möglichst wenig aufzufallen.

Er brüllte: »Lucy!«

Die Ampel sprang um und ich trat auf den Zebrastreifen, lief mit schnellen Schritten los. Als ich gerade drüben angekommen war, packte mich eine Hand bei meinen Cornrows und zog.

Mein Essen flog davon, als ich herumwirbelte.

Der verdreckte Typ stand da und hielt mein Haar fest, er sah aus, als könnte er sich kaum auf den Beinen halten. »Lucy!«

Mein Herz klopfte, als ich aufschreien wollte, brüllen wollte, irgendetwas tun, um ihn loszuwerden. »Ich bin nicht Lucy!« war alles, was ich herausbrachte.

»Ich hab doch gesagt, dass du nach Hause gehen sollst!« Er riss noch einmal an meinen Cornrows, zog meinen Kopf runter, sodass ich nur noch auf meinen Vanilleshake schauen konnte, der weiß auf den Gehweg geflossen war. »Ich hab dir gesagt, dass du nach Hause gehen sollst.«

Ich wollte von ihm weg, ihm mein Haar entreißen, *irgendwie,* aber er hatte die Zöpfe fest im Griff und um sein Handgelenk gewickelt.

Ich fing an zu weinen. »Ich bin nicht Lucy!«

*Warum half mir denn niemand?*

Statt mich loszulassen, zerrte er noch fester an meinem Haar, sodass ich ihm einen Schritt nach dem anderen näher kommen musste. Er roch nach gebratenen Zwiebeln und noch etwas, wovon mir schlecht wurde. Etwas Ekelhaftem.

Eine männliche Stimme rief: »He!«

Der Typ ließ los und ich trat zurück. Ein zweiter Typ brüllte den ersten an und ich rannte los, Schritte kamen hinter mir her.

Weinend sprintete ich den ganzen Weg bis zu AJs Apartmenthaus. Der Wachtposten war nicht da, und ich wollte nicht in der Lobby warten, wo mich der verdreckte Typ von der Straße aus sehen könnte. Also rannte ich zum Aufzug und schlug auf die Zehn. Als ich endlich beim Apartment ankam, zitterte meine Hand so sehr, dass ich sie mit der anderen festhalten musste, um in der Tasche nach meinem Schlüssel zu suchen. Er war nicht da.

»Nein!« Wie hatte ich ihn verlieren können?

*Bleib ruhig.*

Ich holte tief Luft, dann suchte ich noch einmal. Meine Finger ertasteten das glatte Metall und ich atmete erleichtert auf. Meine Hände zitterten immer noch so sehr, dass ich kaum die Tür aufschließen konnte. Als ich endlich drin war, schmiss ich die Tür zu, verriegelte alle drei Schlösser und sank atemlos zu Boden. Mit dem Rücken an der Tür umschlang ich meine Knie mit den Armen und schluchzte.

# DREI

Auf keinen Fall würde ich allein hierbleiben.

Trotz meiner ursprünglichen Begeisterung, auf mich selbst gestellt und frei zu sein, war ich erledigt. Ich wollte nicht auf mich selbst gestellt sein. Fest entschlossen, nach Midway zu meinen Eltern zurückzukehren, wischte ich mir übers Gesicht und nahm den kleinen Kalender aus meiner Tasche.

Als ich mit dem Finger an den Daten entlangfuhr, wurde klar, dass ich den Passagierflug verpasst hatte, der alle zwei Wochen abflog, aber das monatliche Versorgungsflugzeug würde morgen starten. Es war immer die gleiche Maschine, die ein Mal im Monat nach Midway flog, eine ältere Gulfstream Turboprop. Im Unterschied zu den regulären Fluglinien waren die Flüge mit der G-1 ziemlich locker. Es gab keine Sicherheitsschlangen, keine Wartezeit beim Check-in, keine Gefahr, nicht mitzukommen. Wenn man auf Midway lebte, konnte man so ziemlich eine Stunde vorher beschließen, dass man mitfliegen wollte. Man tauchte mit dem Ausweis auf und sie nahmen einen mit.

Ich holte ein paarmal tief Luft, damit meine Eltern nicht merken würden, wie aufgeregt ich war. Dann nahm ich das Telefon und wählte.

Ich wartete auf das Klicken, dann die Pause, dann das Klingelzeichen. Ich stellte mir unser schweres, altmodisches schwarzes Schnurtelefon auf dem Tresen bei der Küche vor, glaubte sogar, das laute Klingeln zu hören.

Aber es kam nichts.

Ich legte auf und wählte neu. Wartete.

Nichts.

Wie das Internet war auch das Telefon auf Satelliten angewiesen. Beides fiel in regelmäßigen Abständen aus. Bei der alten Verkabelung auf der Insel war das kein Wunder. Trotzdem wollte ich mit meinen Eltern reden, damit sie den Flug für mich organisierten.

*Sollte ich AJ anrufen?*

Mit einem Kopfschütteln beantwortete ich mir meine Frage.

Sie würde bloß ausflippen und ein schlechtes Gewissen bekommen, weil sie mich allein gelassen hatte. Und noch dazu vielleicht sauer auf mich sein, weil ich ihr nicht gesagt hatte, dass Bobbi doch nicht nach mir sehen würde.

Ich nahm mir vor, Mom und Dad am nächsten Morgen anzurufen, putzte mir die Zähne und zog meinen Schlafanzug an. Mein Zimmer lag vom Badezimmer aus am anderen Ende des Flurs. Das war normalerweise keine große Sache, aber ich musste nachts meistens auf die Toilette, und heute Nacht wollte ich nicht im Dunkeln herumlaufen, und schließlich war außer mir niemand da.

Also ging ich in AJs Zimmer, das ein eigenes Bad hatte. Ich schloss die Tür ab, warf ihren blau-grünen Überwurf und die Kissen zu Boden und kroch unter die Decke. Die Laken waren kühl und ich wackelte mit den Zehen.

Dann reckte ich mich zum Nachttisch, um das Licht zu löschen.

Aber das schaffte ich nicht.

Ich wollte nicht, dass es dunkel war. Also ließ ich die Lampe an und drehte mich um, mit dem Gesicht zu den Schiebetüren vor dem Balkon. Die weißen Vorhänge waren geschlossen.

Ich schob die Decke zurück, schlüpfte aus dem Bett und tappte auf Zehenspitzen hin. Ich streckte eine Hand aus und packte den Saum des Vorhangs. »Eins … zwei … drei …«

Mit angehaltenem Atem riss ich ihn auf.

Von ein paar Pflanzenkübeln abgesehen, war der Balkon leer. Und wir waren im zehnten Stockwerk, niemand würde so weit hochklettern.

*Sei kein Baby.*

Ich ließ den Vorhang fallen. Trotzdem war ich erleichtert, dass ich nachgesehen hatte.

Ich kroch ins Bett zurück, konnte aber nicht schlafen. Ohne meine Tante war mein liebster Aufenthaltsort nicht mehr derselbe.

Ich hörte ein Geräusch. Ein Klopfen.

*Jemand klopft einfach an die Tür des Nachbarapartments.*

Es klopfte weiter.

*Etwas hat sich gelöst, bewegt sich im Wind.*

Klopf, klopf, klopf.

*Es ist der Kühlschrank, da wackelt was.*

Dabei wusste ich, dass es nicht stimmte. Ich wusste, es war der verrückte Typ von der Straße, der hereinkommen wollte, um mich zu holen.

Ich zog mir die Decke über den Kopf und zitterte, mein Herz schlug so heftig, dass ich es in dem stillen Zimmer fast hören konnte.

Ab und zu spähte ich unter der Decke hervor nach den rot leuchtenden Ziffern des Weckers auf dem Nachttisch, die sich langsam durch die Nacht bewegten.

*23:13.*

*1:02.*

*3:29.*

Ich wartete, darauf gefasst, dass irgendwer kommen würde, um mich zu holen.

*4:43.*

Als es draußen allmählich hell wurde, schlief ich endlich ein.

# VIER

Um neun rief AJ an und weckte mich.

Als sie mich fragte, wie es mir ging, log ich, erklärte, es sei alles in Ordnung und Bobbi sei am vergangenen Tag gekommen, um nach mir zu sehen. Ich fühlte mich schlecht, aber was machte es schon, wenn ich sowieso nach Hause fliegen würde? Dann versuchte ich, meine Eltern zu erreichen, aber das Telefon funktionierte immer noch nicht.

Als ich den Aufzug betrat, um zu Starbucks runterzufahren, klopfte mein Herz, bis ich die Lobby betrat. Der Wachmann, der immer lächelte und mich mit »Aloha!« begrüßte, war nicht auf seinem Posten.

Wieder oben, packte ich meine Sachen, dann ging ich für eine Weile an den Pool, belegte mir mittags ein Schinkensandwich und hielt ein Schläfchen. Gegen vier zog ich mich an. Auf der Fahrt zum Flughafen und in der Wartehalle würde es heiß sein, aber im Flugzeug war es kühl, also wählte ich mein Standard-Outfit für Flüge: Kaki-Bermudas, ein weißes Top und meinen grünen Hoodie. Ich trug weiße Flip-Flops, stopfte aber ein paar Socken in meine Tasche. Ich erwog, die neuen Converse dazuzustecken, packte sie aber schließlich doch in meinen Koffer. Dann rief ich ein Taxi.

Wie üblich herrschte beim Beladen der G-1 totales Chaos, Leute schleppten Kisten und Kästen und Fässer zum Flugzeug. Ich ließ mein Gepäck bei der Tür zum Warteraum zurück und machte mich auf die Suche nach der Frau, die normalerweise das Verladen organisierte. Ich konnte sie nirgends entdecken.

Ein großer, kahlköpfiger Typ hielt ein Klemmbrett in der Hand, also fragte ich ihn: »Wo ist Suzanne?«

»Krank.« Er schüttelte den Kopf. »Ausgerechnet heute. Die Costco-Bestellung ist nicht geliefert worden und wir haben einen neuen Copiloten.« Er winkte ein paar Männern zu, die das Flugzeug beluden. »Halt!« Er lief davon und ließ mich stehen.

Der Pilot, Larry, kam um das Flugzeug herum, in schwarzer Hose und einem kurzärmligen Hemd mit goldenen Schulterklappen. Er war groß und wirkte mit seinen dunklen Haaren, die immer tadellos saßen, ein bisschen arrogant.

Ich winkte.

Er runzelte kurz die Stirn, und ich rief: »Hallo, Larry.«

»Robie?« Langsam breitete sich ein Lächeln auf seinem Gesicht aus. »Ich hab dich gar nicht erkannt. Schicke Frisur.«

»Danke. Ich würde gern nach Hause fliegen.«

Er nickte. »Wir sind voll bepackt, aber für dich finden wir immer einen Platz.«

»Ich hab Suzanne nicht gefunden.«

Er kratzte sich am Kopf. »Stimmt, sie ist heute nicht da. Ein ziemliches Durcheinander, zumal die Verbindung nach Midway zusammengebrochen ist. Mein neuer Copilot muss hier irgendwo sein, er versucht, Ordnung in die Sache zu bringen. Er heißt Max. Er wird dich auf die Passagierliste setzen. Warum wartest du nicht drinnen, wo es kühl ist? Ich hole dich dann.«

Der Warteraum von Oahu Air Services war klimatisiert. Ich ließ Koffer und Tasche auf den Boden und mich selbst auf eine Couch fallen. Es gab einen kleinen Kühlschrank und ich nahm eine Cola heraus, danach ein paar Macadamianüsse mit Schokoladenüberzug aus der Akazienholzschale auf dem Tisch.

Ein Golfmatch dudelte auf dem Bildschirm an der Wand, aber es gab keine Fernbedienung zum Umschalten, also blätterte ich eine Weile in einer Ausgabe der Glamour.

Der Flieger sollte gegen fünf vom Rollfeld abheben und etwa um elf in Midway wieder aufsetzen. Solange die Albatrosse auf Midway nisteten, überquerten die Vögel zu Hunderttausenden täglich die Landebahn und stellten damit eine potenzielle Katastrophe dar, falls einer von ihnen ins Triebwerk gesogen wurde oder auch nur mit der G-1 zusammenstieß. Albatrosse wiegen ungefähr zwölf Kilo, sie sind wie fliegende Kanonenkugeln mit Federn. Deshalb landen und starten Flugzeuge nur nachts, wenn die Vögel nicht so aktiv sind.

Eigentlich habe ich mich nie wirklich daran gewöhnen können, nachts so lange übers Wasser zu fliegen. Angst hatte ich nicht, denn ich flog, seit ich klein war, aber es kostete mich immer Kraft, mir keine Sorgen zu machen. Dass ich Larry kannte und ihm vertraute, half viel. Ich war schon mindestens zwanzig Mal mit der G-1 nach Midway und zurück geflogen, meistens nachts. Larry konnte die Strecke vermutlich blind fliegen.

Ich wartete darauf, dass sie mich holen und wiegen würden. Die G-1 durfte mit maximal 1,72 Tonnen Fracht und Menschen beladen werden, denn damit kann sie auch noch fliegen, wenn ein Triebwerk ausfällt. Da wir nur einen Versorgungsflug pro Monat hatten und der all unsere Post, Lebensmittel und Ersatzteile für den Generator und sonstige Ausrüstung brachte, mussten wir auf vieles verzichten, was einfach zu schwer war. Zum Beispiel Milch. Ein Liter Milch wiegt mehr als ein Kilo und Milch für fünfzig Leute war einfach zu viel. Während ich darüber nachdachte, schlief ich auf meiner Couch ein.

Larry rüttelte mich wach. »Wir sind so weit.« Dann fragte er mich was wegen Max und Wiegen und Papierkram oder so.

Immer noch schläfrig, nickte ich nur. Meine Uhr zeigte neun, was bedeutete, dass wir ziemlich verspätet abflogen.

Larry trug meinen Koffer, ich die kleine Tasche und meinen Rucksack. Ich kletterte die kurze Gangway hinauf und zog den

Kopf ein, als ich an Bord ging. Alle neun Reihen der Polstersitze waren voll bepackt mit Kartons und Fracht, außer zwei Sitzen in der Mitte, direkt neben dem Ausstieg an Steuerbord. Der neue Copilot war bereits im Cockpit. Max sah wie ungefähr fünfundzwanzig aus, genau hätte ich es nicht sagen können. Jünger als AJ jedenfalls. Sein dunkles Haar war sehr kurz, wie beim Militär, und er trug die gleiche schwarze Hose zu einem weißen Hemd wie Larry, aber auch noch eine schwarze Krawatte dazu. Max blickte in meine Richtung und sagte nichts.

Ich lächelte. »Hallo.«

Für eine knappe Millisekunde nickte und lächelte er, aber seine Augen nicht. Sie wirkten traurig.

Mein Dad war groß und musste sich immer ducken, um nicht an die Decke zu stoßen, aber ich konnte aufrecht gehen, allerdings seitwärts durch die schmale Kabine bis zur fünften Sitzreihe. Im Fach über meinem Sitz war ein blaues Netz mit Satsuma-Orangen, die ich am liebsten mag. Ich sah das Schild, auf dem mit Filzschrift *Mitchell* stand, und grinste. Ein Teil von Moms Lebensmittelbestellung. Ich öffnete das Netz, nahm mir zwei Orangen, rollte es wieder ein und schlug die Klappe des Fachs zu. Das nächste Fach war genauso voll, deshalb stellte ich meine Tasche einfach auf den Sitz neben mir. Dann setzte ich mich und schnallte mich an.

Obwohl ich den Vortrag von Larry schon unzählige Male gehört hatte, quatschte er mich mit den Anweisungen für Notfälle voll, deutete auf die Ausgänge, das Fach mit dem aufblasbaren Rettungsfloß, die Schwimmweste unter meinem Sitz. Er wirkte dabei etwas großspurig, aber mir ist ein selbstsicherer, ultrasouveräner Pilot lieber als ein unsicherer. Wie immer hörte ich zu, aber nur gerade so.

Ich kannte das alles schon.

Larry ging ins Cockpit und setzte die Kopfhörer auf.

Wenig später drehten sich die Propeller und aus der Düse über meinem Kopf strömte Luft. Schweiß lief mir über die Schläfen, also drehte ich den Knopf ganz auf, reckte mein Gesicht nach oben und lächelte in den kühlen Luftstrom. Bald summten die Propeller und das Flugzeug bewegte sich vorwärts, es rollte auf die Startposition.

Ich sah aus dem Fenster. Ein United-Airlines-Jet hob rumpelnd ab, vermutlich wollte er zum Festland.

Ein paar Minuten später tönte Larrys Stimme durch den Lautsprecher: »Jetzt geht's los!«

Weiß wurden meine Knöchel nicht, als ich die Sitzlehnen packte, aber der Griff würde definitiv als fest durchgehen. Normalerweise war ich nicht so nervös, aber mir kam plötzlich der Flugzeugabsturz aus *Lost* wieder in den Sinn, und ich wurde die Erinnerung kaum los.

Wir standen, während die Maschinen voll aufdrehten, was sich anfühlte wie bei einem Hund, der an der Leine zog, weil er loswollte und von hinten festgehalten wurde. Meine Augen schweiften zum Propeller, der sich bereits so schnell drehte, dass er unsichtbar war, dann zu der Rolls-Royce-Beschriftung auf der Turbine. Larry hatte mir mal erzählt, dass sich Rolls-Royce-Propeller gegen den Uhrzeigersinn drehen. Gute Fernsehquiz-Frage.

Ich lehnte mich im Sitz zurück, als die G-1 vorwärtsspurtete, über die Piste schoss, bis wir genug Fahrt aufgenommen hatten. Die Vorderräder hoben ab und wir waren in der Luft mit den Lichtern unter uns, die Triebwerke dröhnten laut und unablässig. Aus dem Fenster sah ich die beleuchteten Schiffe in Pearl Harbor, dann Schiffe weiter draußen, die irgendwann auch aus meinem Blickfeld verschwanden, bis unten nur noch Dunkelheit blieb.

Die G-1 stieg stetig, bis sie ihre Flughöhe erreicht hatte und ich mich im vertrauten Motorengeräusch entspannte. In ein paar

Stunden war ich zu Hause. Ich löste meine Hände von den Armlehnen, zog die Flip-Flops aus, die Socken an und machte es mir gemütlich. Von der unruhigen Nacht zuvor erschöpft, schlief ich ein.

Als ich aufwachte, zeigte mir meine Uhr, dass es eins war. Lichter schimmerten im Cockpit, aber bis auf das schmale Lichtband am Boden und die Strahler über der Kombüse war es in der Kabine dunkel. Der Flug war ein bisschen unruhig, aber ich hatte auf anderen Flügen schon viel Schlimmeres durchgestanden. Ein besonders turbulenter hatte meine Mom dazu veranlasst, nach der Landung zu Larry zu sagen: »Heute hast du dein Geld aber verdient, oder was meinst du?« Er hatte mit den Schultern gezuckt und geantwortet, der Flug sei doch ganz entspannt gewesen. Anschließend hatte ich gelesen, dass noch kein einziges Flugzeug wegen Turbulenzen abgestürzt war, also machte ich mir nichts aus dem Geruckel.

Fünf Reihen weiter vorn saß Larry im Cockpit und Max stand im Gang und nippte Kaffee aus einem Styroporbecher. Max war nicht so groß wie Larry, dünner, ziemlich drahtig und sah durchtrainiert aus.

Max ging ins Cockpit zurück und Larry stand auf. Er nahm sich einen Becher Kaffee, sah, dass ich wach war, und kam zu mir. »Vor uns ist eine Gewitterfront, die etwas schneller als erwartet auf uns zukommt. Ich werde ein bisschen nach Norden ausweichen, aber deshalb dürften wir trotzdem nicht allzu viel später landen.«

»Danke.«

»Bedien dich.« Er hob seinen Becher und ging wieder nach vorn.

Obwohl es so spät war, knurrte mein Magen, deshalb löste ich meinen Gurt und ging zur Kombüse. In einem Schubfach gab es Eis und Getränke und ich nahm mir eine pinkfarbene Dose mit Guavensaft, dann durchstöberte ich die Sandwiches in einer blauen Plastikkühlbox. Ich entschied mich für Truthahn und kehrte zu meinem Sitz zurück. Ich klappte den Tisch vor mir aus, zerlegte mein Sandwich, entfernte Tomate, Salatblatt und Frischkäse und legte den Deckel des Zwiebelbrötchens wieder drauf.

Bei meinem ersten Bissen erzitterte das Flugzeug und rumpelte unter mir, ein besonders heftiger Ruck stieß mir den Magen nach oben in die Kehle.

Larrys ruhige Stimme kam durch die Sprechanlage. »Robie, bleib lieber fest angeschnallt, es könnte jetzt ein bisschen ungemütlich werden. Aber wir müssten hier bald raus sein.«

Ich wickelte mein Sandwich ein, um es mir für später aufzuheben, wenn die Turbulenzen nachgelassen hatten. Auch wenn sie mir nichts ausmachten, wollte ich jetzt doch lieber nichts essen.

Nach meiner Schätzung mussten wir in spätestens anderthalb Stunden zu Hause sein. Der Flug wurde immer heftiger, sodass ich mich an die Armlehnen klammerte und nach Midway sehnte. Draußen vor dem Fenster zuckten gelegentlich weiße Blitze, aber sie erhellten nichts außer dem Regen, der an mein Fenster prasselte.

Wir torkelten unablässig durch die Dunkelheit, was sich anfühlte, als würden wir in einem Auto über Glatteis schlingern. Ich beugte mich in den Gang, um die Piloten im Cockpit zu beobachten, weil ich wissen wollte, ob sie besonders besorgt aussahen, aber sie saßen mit dem Rücken zu mir und ihre Hände wirkten einfach beschäftigt. Larry hatte schon eine Weile nichts gesagt. Ich hätte wirklich gern nach ihm gerufen und gefragt, wann wir landen würden, kam mir aber irgendwie dumm dabei vor.

*Wir werden schon ankommen. Benimm dich erwachsen.*

Dann wurden die Motoren lauter. Ich versuchte, nicht daran zu denken, dass unter uns nur Finsternis und Wasser war. Nichts als Finsternis und so viel verfluchtes Wasser.

# FÜNF

Zehn Minuten später passierte, was ich nicht für möglich gehalten hatte: Die Turbulenzen wurden schlimmer. Jetzt fühlte ich mich wie in einer Schneekugel, die jemand schüttelte und schüttelte und schüttelte. Statt zu taumeln, tauchten wir im Sturzflug abwärts, um irgendwann endlich wieder aufzusteigen, immer holpernd. Als wir besonders heftig sackten, fielen alle Sauerstoffmasken aus ihren Fächern, um dann von einer Seite zur anderen zu pendeln. Meine schaukelte direkt vor meinem Gesicht.

*Oh mein Gott! Soll ich sie aufsetzen?*

Ein Blick nach vorn zeigte, dass weder Larry noch Max eine Maske trugen. Ich konnte meine schlecht ignorieren, also band ich sie mit einer großen Schlaufe hoch, damit mir das Ding nicht mehr vor dem Gesicht baumelte.

Beim nächsten tiefen Luftloch klappten oben ein paar Gepäckfächer auf.

Plötzlich donnerte mir ein Trommelfeuer aus weichen, aber schweren Tüten auf den Kopf und die Schultern und war genauso schnell wieder vorbei, weshalb ich weder aufschreien noch den Angriff abwehren konnte.

Orangen aus dem Fach über mir.

Eine landete in meinem Schoß, die restlichen lagen überall um mich herum und rollten mit jeder Bewegung des Flugzeugs im Gang hin und her.

Ich wollte schreien, tat es aber nicht.

Panik würde niemandem nützen, schon gar nicht den Piloten. Wieder versuchte ich zu sehen, was sie taten.

Waren sie beunruhigt?

Kämpften sie mit der Steuerung?

Das ließ sich aus meinem Blickwinkel unmöglich sagen.

Ich sehnte mich danach, dass mir jemand versicherte, wir würden hier heil rauskommen.

*Ich* würde hier heil rauskommen.

Aber niemand tat es.

Während wir durchgeschüttelt wurden, liefen mir Tränen übers Gesicht. Ich riss mich zusammen und fuhr mir mit dem Handrücken über die Augen.

*Was bist du nur für ein Baby.*

Wegen ein paar Turbulenzen musste man nicht weinen.

*Es gibt massenweise Situationen, die schlimmer sind.*

Und dann kehrte Ruhe ein.

Keine totale Stille, aber das Röhren war einfach nicht mehr so laut wie vorher. Ich beugte mich vor und spähte aus dem Fenster auf das Triebwerk an Steuerbord. Am Ende der Tragfläche blinkte ein blaues Licht. Normalerweise waren die Propeller während des Flugs fast unsichtbar, weil sie sich so schnell drehten. Aber wenn ein Blitz zuckte, konnte ich den Propeller sehr deutlich erkennen, der sich langsam drehte, nur mit der Bewegung des Flugzeugs.

Ein Triebwerk war ausgefallen.

# SECHS

Mit beiden zitternden Händen bedeckte ich meinen Mund, um mein Geheul oder den Aufschrei oder was für ein Laut auch immer sich da nach oben bewegte, zu unterdrücken. Zwei geflüsterte Worte verschafften sich Luft. »Oh Gott …«

Ich wünschte mir meine Mom oder meinen Dad oder AJ oder irgendwen. Ich wünschte mich aus diesem Flugzeug weg.

Es gab nur eine Möglichkeit, herauszufinden, wie ernst die Lage war. Ich würde das Cockpit im Auge behalten müssen, beobachten, was sie taten.

Jetzt wischte ich mir mit dem Ärmel über die Augen und betete. *Lieber Gott, bitte, bitte, bitte mach, dass alles gut geht. Bitte mach, dass wir nicht abstürzen, und lass uns einfach heil in Midway ankommen. Und bitte mach, dass sie entspannt sind, wenn ich jetzt nach vorn schaue.*

Ich beugte mich in den Gang. Von hinten sahen die Piloten so aus, als würden sie tun, was sie sonst auch taten. Still sitzen. Sich auf die Bedienelemente konzentrieren.

Wenn ein Triebwerk ausfiel, mussten sie doch ausflippen, oder? Vielleicht hatte ich mir das aber auch nur eingebildet. Was wusste ich denn schon über Flugzeuge?

Vielleicht war das Triebwerk völlig in Ordnung.

Wieder starrte ich aus dem Fenster auf den Propeller. Er drehte sich eindeutig nicht. Jeder Idiot konnte sehen, dass sich der Rolls-Royce verabschiedet hatte.

Aber wenn mir Larry nichts von dem Triebwerk sagte, was verschwieg er mir dann noch? Oder war das keine große Sache?

Bei Flugzeugen fielen doch ständig Triebwerke aus, oder? Ich wusste, dass ich das irgendwo gelesen hatte.

Deshalb laden sie doch nicht mehr als 1,72 Tonnen in die G-1, damit das Flugzeug auch mit nur einem Triebwerk noch fliegen kann. Es war erst einen Monat her, dass mein Dad im Flieger saß, als eine Stunde nach dem Start in Honolulu ein Triebwerk ausfiel, und sie sind einfach umgekehrt. Schließlich werden Piloten dafür ausgebildet, dass was passieren kann, und vielleicht war das hier gar nicht so schlimm. Vielleicht waren wir so nah bei Midway, dass sie bereits die Landung planten, weshalb machte ich mir dann noch Sorgen wegen des blöden Triebwerks?

So musste es sein.

Wir sackten wieder, heftig. Unter meinem Hintern gab mein Sitz irgendwie nach.

Ich kniff die Augen fest zu.

*Kann mir jetzt bitte jemand sagen, dass alles in Ordnung ist?*

Wie lange würde die Maschine heil bleiben, wenn sie so durchgeschüttelt wurde?

Wahrscheinlich war das Triebwerk nur der Anfang, dann ging eine Tragfläche oder das Heck oder irgendein lebenswichtiges Teil kaputt, das wir für die Landung brauchten. Larry wollte einfach nicht sagen, wie ernst es war.

Ich öffnete die Augen und sah Bewegung im Cockpit. Max stand auf. Er stützte sich an beiden Seiten ab und schaffte es bis zur Kombüse.

*Will er noch Kaffee holen? So schlimm kann es nicht sein, wenn er Kaffee holt.*

Aber nein, er holte keinen Kaffee.

Er zog etwas unter den Fächern der Kombüse heraus und warf es im Gang auf den Boden. In der Kabine war es immer noch dunkel, sodass ich nicht erkennen konnte, was es war.

Mit einem Fuß kickte er es vor sich her und kam zu mir.

Jetzt wollte ich schreien.

Es war ein gelbes Gummifloß. Ein Rettungsfloß.

Aber das würden wir nur brauchen, wenn …

Max griff unter meinen Sitz, zerrte eine Rettungsweste hervor und stieß sie mir in den Schoß. Dann hörte ich ihn zum ersten Mal sprechen.

Er sagte weder *Alles in Ordnung* noch *Mach dir keine Sorgen* oder *Wir werden bald auf Midway landen*. Was er stattdessen sagte, waren die schlimmsten Worte, die ich je gehört hatte:

»Ein Triebwerk ist ausgefallen und die Hydraulik spielt verrückt. Wir kommen nicht aus der Gewitterfront raus, deshalb wird Larry mit der Maschine notwassern, solange er sie noch kontrollieren kann.« Mit einem Nicken deutete er auf die Schwimmweste in meinem Schoß. »Zieh das an.«

# SIEBEN

Meine Gliedmaßen erstarrten, und mein Herz pochte bis in die Ohren, während ich zusah, wie sich Max zum Cockpit zurückkämpfte.

Die Schwimmweste lag immer noch in meinem Schoß, aber ich versuchte nicht einmal, sie anzuziehen. Ich konnte mich nicht überwinden, einen Blick darauf zu werfen. Das hier war nicht echt, nichts davon.

Alles war verschwommen. Dumpf.

Deshalb konnte es gar nicht wirklich sein.

Die G-1 schlingerte immer weiter, und dann sanken wir, so steil, dass mir der Gurt in den Bauch schnitt, und ich nichts weiter tun konnte, als mein Gesicht mit den Händen zu bedecken und loszuschreien.

Ich sah nicht, dass Max zurückkehrte, bis er bei mir war.

Mit einer Hand hielt er sich am Sitz auf der anderen Seite des Gangs fest. Mit der anderen packte er meine Schulter und schüttelte mich, heftig, bis ich aufhörte zu schreien. Sein Gesicht war wenige Zentimeter von meinem entfernt und seine Augen waren schmale Schlitze. »Hör mir zu! Wenn du hier rauswillst, musst du auf mich hören!«

Ich konnte mich nicht bewegen. Ich konnte nicht sprechen. Das Einzige, was ich konnte, war hören.

Als er mich weiter anschrie, Gesicht an Gesicht, roch sein Atem nach Kaffee. »Die G-1 müsste sich ungefähr fünf Minuten über Wasser halten. Wenn wir überhaupt eine Chance haben, dann nur, indem wir das Floß durch das Austrittsfenster rausschaffen, damit es sich draußen aufbläst. Aufgeblasen geht es nicht durchs Fenster. Kapiert?«

Er war so nah, dass ich seine Worte mit dem Gesicht aufzunehmen schien und nicht mit den Ohren. Ich konnte nichts tun, außer ihn anzusehen.

Er wich etwas zurück, schnitt eine Grimasse und brüllte: »Hast du das kapiert?« Ein paar Speicheltropfen landeten auf meinem Gesicht.

Ich saß einfach da.

Er ohrfeigte mich.

Aus meiner Lähmung gerissen, hob ich eine Hand an meine Wange und nickte wie eine Irre.

»Wir sind gleich unten. Zieh deine Rettungsweste an, mach dich bereit, auszusteigen. Wir müssen schnell sein, sonst …«

Er zögerte und dann beendete er seinen Satz. »Sonst gehen wir mit dem Flugzeug unter. Hast du mir zugehört?«

Wieder nickte ich, dabei wollte ich nur schreien.

Max stolperte zum Cockpit zurück.

Ich wollte so gern hören, was es Schlimmeres gab. Ich musste wissen, was schlimmer war. Es musste etwas Schlimmeres geben.

Oder nicht?

Meine Hände zitterten so sehr, dass ich einfach sitzen blieb, mit dem Ding in den Armen, das mir das Leben retten sollte. Dieses eine Ding würde absolut nichts nützen, wenn ich es nicht rechtzeitig anzog.

Plötzlich wurde es stiller.

Dann gab es neue Geräusche.

Knarren und Quietschen und mechanisches Ächzen wie in einem Horrorfilm. Max kam im Gang auf mich zugerast und riss mit einem lauten Stöhnen das Austrittsfenster auf. Der Wind und der Regen brachen herein und hätten mich weggeweht, wenn ich nicht angeschnallt gewesen wäre.

Aber Max öffnete mit einer einzigen Bewegung meinen Gurt, packte mich unter den Achseln und hob mich hoch wie ein kleines Kind. Schwankend, weil wir vom Flugzeug geschubst wurden, trat er zum Ausstieg.

Wind und Regen peitschten mir ins Gesicht. Mit erhobenen Händen, um mich zu schützen, schrie ich: »Meine Rettungsweste!«

Er packte mich nur noch fester und schrie zurück: »Halt die Luft an und strample dich nach oben! Das Rettungsfloß wird da sein!«

Und dann warf er mich aus dem Fenster.

# ACHT

Die Schwimmweste wurde mir aus den Armen gerissen, als ich durch die Luft sauste. Der Sturm tobte so heftig, dass mir die Luft wegblieb und der Schrei erstickte, der aus meinen Eingeweiden aufstieg.

Ich hörte nicht auf zu fallen, meine Arme windmühlten ins Leere. Ich wollte aufhören, mich zu bewegen.

Mit dem Lärm aufhören.

Mit dem Wasser aufhören.

Mit der Kälte aufhören.

Mit dem Wind aufhören.

Mit allem aufhören.

*Aufhören.*

*Bitte.*

Aber wenn ich aufhörte, war ich tot.

Sterben war nicht, was ich wollte.

Atmen schon. Ich wollte nur atmen.

Und leben.

# NEUN

Meine Füße taten weh, als sie auf dem kalten Wasser auftrafen, und ich sank, fühlte mich, als ob ich nirgendwo ankommen würde. Salzwasser floss mir in den offenen Mund, als ich in die Dunkelheit schrie, die mich verschluckte. Ich sah nur Schwarz, spürte nur den Schrecken über die Kälte und Nässe, während ich tiefer fiel ins vernichtende Nichts.

*Sterbe ich?*

Wenn sie so waren, meine letzten Momente auf der Erde, wollte ich nur, dass sie vorbeigingen.

*Lieber Gott, bitte mach, dass ich tot bin. Das hier ist mehr, als ich ertragen kann.*

# ZEHN

Und ich sank tiefer …
tiefer …
tiefer.
Es war vorbei.
Mit mir war es vorbei.
Sterben war so viel leichter, als ich gedacht hatte.

# ELF

Wie sich herausstellte, wäre Sterben zu einfach gewesen.

Irgendetwas in mir war gegen den einfachen Ausweg.

Meine Arme ruderten und meine Beine strampelten und nach einer Weile hörte ich auf zu sinken.

Meine Beine strampelten heftiger und halfen mir langsam an die Oberfläche. Meine Augen waren offen und ich sah über mir ein unscharfes, rötliches Leuchten.

Als ich die Arme nach oben reckte, blieb mir die Luft weg. Meine Panik wuchs. Und ich kämpfte dagegen an. Ich kämpfte, um nicht den Verstand zu verlieren. Ich kämpfte, als ginge es um mein Leben, denn ich war sicher, dass es genau so war.

*Lieber Gott, mach, dass ich das Licht erreiche.*

*Ich will leben.*

Mit jedem Tritt, jeder Unze meiner letzten Reserven, wurde das Licht heller,

kam näher,

und ich reckte mich,

in dem Glauben, gleich in die Luft hinauszuschießen.

Aber es ging nicht.

Ich war oben. Ich wusste, dass ich *oben* war.

Aber meine Hände stießen an ein Hindernis. Da war etwas, etwas Weiches, das nachgab, aber ich konnte es nicht durchstoßen. Das Rote war überall außen herum.

Ich war so nah dran, so nah …

Aber irgendetwas trennte mich von der Luft, vom Leben, vom Nichtsterben.

In luftloser, gedankenloser Panik strampelte ich mit den Beinen und trommelte mit den Händen, stieß und schlug. Mein Kopf wippte von einer Seite zur anderen, während ich tonlos schrie. *Nein, nein, nein …*

# ZWÖLF

Plötzlich riss etwas an meinen Haaren und meine Kopfhaut brannte.

Und dann bewegte ich mich.

Hoch, hoch, hoch in den Wind und den Regen und das Rauschen und das entsetzliche Heulen.

*Nein! Du tust mir weh!*

So hatte ich den Typen anschreien wollen, der mich in Honolulu angegriffen hatte. Aber hier im Wasser schlug ich mit Armen und Beinen um mich, wehrte mich mit allem, was ich hatte, würgte und rang nach Luft. Die Hände waren zu stark, und sie zogen mich an den Haaren aus dem Wasser, bis ich rückwärts auf etwas Weiches und Nasses fiel.

Ich schlug die Augen auf. Da war nur rot.

Und Max, auf den Knien, keuchend, der eine leuchtende Fackel hielt, das rote Leuchten, das ich von unten gesehen hatte. Seine andere Hand umklammerte Haarbüschel, meine Haarbüschel.

Meerwasser spuckend, lag ich auf dem Rücken. Ich war klatschnass, fror, zitterte und war erschöpft.

Ich wollte frische Luft in meine Lungen atmen, aber das tat weh. Es tat so weh, dass ich für einen Moment nicht atmen wollte.

Ich rollte mich auf die Seite, spuckte und würgte. Ich nahm all meine Kraft zusammen und schrie Max an. »Du hast mich … rausgeworfen …« Meine Worte waren schwach, mehr gekeucht als gesprochen. »Wie konntest du das tun?«

Er drehte mir den Rücken zu.

Hatte er mich überhaupt gehört?

Ich setzte mich auf, immer noch hustend in den peitschenden Wassermassen. Ich presste meine Hände gegen die Brust, um den Schmerz beim Atmen zurückzudrücken.

Ich konnte nicht glauben, dass es so schmerzhaft war, dass Ertrinken … fast Ertrinken … so schmerzhaft war.

Max wandte sich nicht ab, von den blauen Lichtern, die ein paar Hundert Meter entfernt blinkten.

Von den Lichtern auf der Tragfläche. Vom Flugzeug.

»Larry!«, schrie Max. »Larry …«

Ich musste mir die Ohren zuhalten, damit ich nicht selbst losschrie. Ich schloss die Augen und presste meine Hände fester auf die Ohren und war allein mit meinem klopfenden Herzen.

Allein mit meinem brennenden Skalp.

Allein mit dem Schmerz in meiner Brust.

Allein mit dem Regen auf meinem Gesicht.

Allein mit meinen eiskalten, nassen Kleidern, die klamm, taub und schwer auf meiner Haut klebten.

Mein Atem wurde flacher.

Allein mit der Wahrheit …

*Ich wäre fast gestorben.*

Panik rauschte durch meine Eingeweide und ich öffnete die Augen und nahm die Hände von den Ohren, begrüßte Lärm und Chaos, die über mich hereinbrachen, dankbar, weil sie mich von der Wahrheit ablenkten.

Im Wind und dem Regen und der rot gefärbten Nacht schleuderte uns das Rettungsfloß ohne Gnade auf und ab. Die blauen Lichter sanken immer tiefer und gingen schließlich aus.

Die G-1 war weg.

# DREIZEHN

Wieder und wieder rief Max nach Larry, schrie, bis seine Stimme heiser wurde. Dann hörte er auf, sank in sich zusammen und schlang die Arme um die Knie, während er mit einer Hand immer noch die Fackel umklammerte. In die andere Hand legte er seinen Kopf.

Tränen mischten sich jetzt unter den Regen auf meinem Gesicht, und wenn ich nicht hustete, schluchzte ich. Um nicht vor Angst die Kontrolle zu verlieren, hielt ich mich an meine Wut. »Du hast mich aus dem Flugzeug geworfen!«

Immer noch ohne mich anzusehen sagte er, gerade laut genug, dass ich ihn hören konnte: »Wärst du lieber dringeblieben?«

Und dann blieb es still.

Er erwartete keine Antwort.

Denn jede Antwort wäre dumm gewesen. Weil er mir das Leben gerettet hatte, indem er mich aus dem Fenster geworfen hatte. Und weil ich mir plötzlich sicher war, dass er lieber mit Larry im Floß sitzen würde als mit mir.

Einige Minuten mussten vergangen sein, die mir wie Sekunden vorkamen, dann sprühte die Fackel einen letzten kleinen Funkenregen und erlosch.

# VIERZEHN

Zwischen Wind und Wellen hüpfte das Floß auf und ab und verschaffte uns einen Ritt, der so grauenvoll war wie das, was wir gerade erst durchgemacht hatten.

Schlotternd vor Angst und Kälte, kauerte ich mich zusammen, klammerte mich mit einer Hand an die glitschige Außenwand des Floßes, schlang den anderen Arm um die Knie und verbarg mein Gesicht. Ich schaffte es nicht, den Kopf zu heben und mich umzusehen. Ich wollte gar nicht so genau wissen, dass es nichts zu sehen gab, weil es so finster war. Ich wollte nicht so genau wissen, dass ich hier draußen ausgeliefert war. Im Nirgendwo.

War Max noch mit mir im Floß? Er musste es sein. Ich redete es mir ein, denn wenn ich allein gewesen wäre, wäre ich durchgedreht.

»Max?«

Keine Antwort.

Vielleicht war er wütend, versuchte zu verarbeiten, was gerade passiert war. Oder vielleicht hasste er mich, vielleicht war es ihm egal, ob ich mich fürchtete. Warum auch nicht? Wenn ich nicht da gewesen wäre, hätte er sich nicht um mich kümmern müssen und Larry vielleicht helfen können. Vielleicht hätte er Larry rausbringen können und Larry würde an meiner Stelle mit ihm im Floß sitzen.

Ich hob den Kopf in den strömenden Regen, der auf meinem Gesicht brannte. Eine Welle kippte mich um und ich setzte mich schnell wieder auf.

Ich musste wissen, ob Max noch bei mir war, aber ich konnte

mich nicht überwinden, seinen Namen zu rufen. Was, wenn er nicht antwortete? Stück für Stück hangelte ich mich mühsam am Rand des Floßes entlang, das in der Dünung umhergeworfen wurde. Nach ein paar Zentimetern streckte ich eine Hand aus, in der Annahme, dass Max jetzt in Reichweite sein musste. Meine Fingerspitzen streiften seinen Arm, fanden seine nasse Hand. Eiskalte, tropfende Finger schlossen sich um meine.

Ich holte tief Luft, einigermaßen erleichtert.

Dann führte er meine Hand an einen Segeltuchgriff, den ich packte und festhielt. Seine Berührung war weg. Ich wollte, dass er etwas tat, einen Arm um mich legte … irgendwas.

Mit einer Hand am Griff aus Segeltuch schlang ich meinen zweiten Arm um mich und weinte.

Irgendwann gingen mir die Schluchzer aus und ich schlotterte. Als ich auch das nicht mehr schaffte, saß ich nur noch da, zitternd und nass.

Für einen Moment blitzte etwas Blaues auf. Ich blinzelte und wischte mir das Wasser aus den Augen, um besser zu sehen.

Ein heller, neonblauer Fleck leuchtete an der Oberfläche des Ozeans, bewegte sich mit dem Wasser und veränderte seine Gestalt. Phosphoreszierende Algen, vermutlich vom Sturm aufgewühlt.

Das Blau verschwand so schnell, wie es gekommen war, und ließ mich in der undurchdringlichen Schwärze zurück. Meine Schultern sackten nach unten und ich kauerte mich wieder zusammen.

Ich rief laut: »Kann es noch schlimmer werden als jetzt?«

Max antwortete nicht sofort.

Dann sagte er schließlich: »Ja.«

Mehr sagte er nicht.

Und ich war froh. Denn eigentlich wollte ich nicht wissen, wie schlimm es noch werden konnte.

# FÜNFZEHN

Die Nacht zog sich langsam dahin, nichts als Wind und Regen und ein unablässiges Auf und Ab. Ich klammerte mich an den Griff. Mein Magen rumorte, und ich beugte mich aus dem Floß, um mich zu übergeben. Darauf gefasst, dass der Wind mein Erbrochenes aufwirbeln und mir ins Gesicht schleudern würde, war ich froh, dass es nicht passierte. Mein Kopf hämmerte und meine Lungen schmerzten weiter. Nachdem ich zum vierten Mal gekotzt hatte, schlüpfte ich aus den Ärmeln meines Hoodies, lehnte meinen Kopf an die nasse, kühle, weiche Seitenwand des Floßes und schloss die Augen.

Als ich sie wieder öffnete, dämmerte der Morgen so grau, dass das Licht kaum zu bemerken war. Der Sturm peitschte immer noch um uns herum, ließ das Floß in tiefe Talsolen hineinschießen und anschließend steile Kämme hinauf, allerdings nicht mehr ganz so wild wie vorher.

Vermutlich hatte ich geschlafen oder das Bewusstsein verloren, denn mein Nacken war steif, weil ich so lange unbeweglich dagehockt hatte. Ich setzte mich auf.

Meine Kleider waren durchweicht und schwer und ich zitterte. Auf den Nordwestlichen Hawaii-Inseln, und besonders auf Midway, herrscht nicht immer tropisches Klima. Wenn es stürmt, kann es mit den heftigen Winden richtig kalt werden.

Ich streifte meine tropfnassen Socken ab und legte sie neben mich. Meine Fingerspitzen waren steif und verschrumpelt, und ich blies darauf und rieb sie aneinander, um sie zu wärmen. Langsam sah ich mir meine Umgebung an.

Das Rettungsfloß war leuchtend gelb und sechseckig.

Max' Kopf hing schlaff an der Seitenwand. Mit seinen angezogenen Knien und den verschränkten Armen sah er aus, als würde er schlafen. In dieser Haltung wirkte er wie ein kleiner Junge. Eine Art Gürteltasche war mit einem blauen Elastikband an seinem Arm festgebunden. Unter seinem nassen Pilotenhemd sah ich ein weißes T-Shirt. An einem Fuß trug er eine schwarze Socke, an dem anderen einen schwarz glänzenden Schuh.

Ich musste wieder würgen, beugte mich mit dem Oberkörper aus dem Floß und kotzte in die dunklen Wellen. Wie konnte es sein, dass noch was drin war und hochkommen konnte? Ich hielt mein Gesicht nach oben, um mich vom Regen waschen zu lassen.

An der Innenseite des Floßes war eine gelb-blaue Tasche mit der Aufschrift Coastal Commander befestigt, die ich öffnete, in der Hoffnung auf Trinkwasser.

Ich fand vier Fackeln.

Gut, wir hatten also Licht, wenn wir es brauchten.

Einen kleinen, gelben Becher.

Zum Trinken?

Ich war schlau genug, um kein Salzwasser zu trinken. Meinen Urin auch nicht. Sollte man damit Regen sammeln? Ich hielt den Becher hoch und fing ein paar Tropfen auf, mit denen ich mir den Mund befeuchtete, aber ohne einen Monsun würde es ewig dauern, bis der Becher voll war. Ich stellte ihn beiseite.

Ein kleiner, viereckiger Spiegel.

Vielleicht für Signale?

Nur wenn man morsen konnte. Ich hoffte auf Max.

Als der Himmel bei Tagesanbruch heller wurde, hielt ich den Spiegel hoch und betrachtete mich. Ich erschrak ein bisschen über die blassblauen Schatten unter meinen Augen, ebenso über den funkelnden Diamanten in meiner Nase. Ich hatte ihn ganz vergessen. Ich wischte mir verkrustetes Zeug aus den Augen, dann lächelte ich breit und falsch. Sogar mitten auf dem Ozean war mein erster Gedanke, mir die Zähne zu putzen. Es war noch kein ganzer Tag vergangen und sie fühlten sich schon eklig an.

Ich steckte den Spiegel weg und wandte mich dem nächsten Gegenstand zu.

Eine Taschenlampe und Ersatzbatterien.

Ich knipste die Taschenlampe an.

Wenigstens saßen wir nicht mehr komplett im Dunkeln. Einfach nur zu wissen, dass es eine Taschenlampe gab, um die Finsternis zu vertreiben, besserte meine Stimmung ein bisschen.

Ich knipste sie aus.

Ein Schwamm.

Keine Ahnung, wozu der da war.

Tabletten gegen Seekrankheit.

*Hm, ein bisschen spät.*

Es gab auch ein kleines Erste-Hilfe-Paket, mit Gaze und Bandagen und mehreren Schachteln Schmerztabletten. Meine Kopfschmerzen brachten mich um, aber ich nahm an, dass die Tabletten gleich wieder hochkommen würden, wenn ich sie schluckte.

Das war alles. Weder Essen noch Wasser.

Ich zog den Reißverschluss der Tasche wieder zu und schleuderte sie im Floß beiseite. Offensichtlich war die Ausrüstung dazu gedacht, die Zeit zu überbrücken, wenn die Küstenwache bereits unterwegs war, was längst nicht so lange dauern würde, dass man Hunger oder Durst bekam. Wie blödsinnig, ein Überlebenspaket zusammenzustellen, mit dem man eigentlich nicht überleben konnte.

Ich starrte die Tasche eine Weile böse an, dann seufzte ich und griff noch einmal danach.

Vielleicht hatte ich etwas übersehen.

In diesem Moment bewegte sich Max, er stöhnte und drehte

sich um. Ein hässlicher Schnitt zog sich vom äußeren Ende einer Augenbraue über seine Stirn.

Ich verzog das Gesicht.

»Alles in Ordnung?« Ich wartete eine Weile. »Max?«

Er antwortete nicht.

Ich konnte den Anblick der Wunde nicht länger ertragen und griff nach dem Erste-Hilfe-Päckchen. Ich zog einen Verband heraus und tupfte damit vorsichtig seine Verletzung ab, während ich mir wünschte, ich hätte etwas, um sie zu desinfizieren. »Danke, dass du mich ins Floß gezogen hast.« Ich hörte auf zu tupfen. »Ich dachte schon, ich würde sterben.«

Er antwortete nicht.

»Bin ich aber nicht. Ertrunken. Wir sind im Floß. Wir sind gerettet.«

Das *Für's Erste* am Ende des Satzes schluckte ich runter und fuhr fort, seine Stirn zu säubern. Ich klebte ein Wundpflaster drauf, was ich zwar nur etwas schief hinbekam, aber es würde vermutlich halten. »Nicht perfekt, aber es erfüllt seinen Zweck.«

Ich ließ mich abwärtsgleiten, verschränkte die Arme und lehnte mich wieder an die Außenwand des Floßes. Meine nassen Sachen waren unerträglich und meine Zähne klapperten.

Außerdem musste ich pinkeln. Dringend.

# SECHZEHN

Ich hoffte weiter darauf, dass die Sonne herauskam, damit es wärmer wurde. »Sonst müssen wir Unterkühlung mit auf die Liste setzen.«

Warum redete ich mit Max? Er hörte mich offensichtlich nicht.

Also wandte ich mich nach links und antwortete mir selbst. »Auf welche Liste?«

Wieder nach rechts gewandt, antwortete ich: »Die Liste mit unseren Problemen.«

»Wie die nassen Sachen?«

»Und nichts zu essen.«

»Kein Wasser«, ergänzte ich, während mein Blick umherschweifte und ich überall Wasser sah. »Jedenfalls kein Trinkwasser.« Laut auszusprechen, was fehlte, machte alles wirklicher und bereitete mir Sorgen.

Ich blickte auf seine Füße. »Und einen Schuh. Du hast nur einen Schuh.«

Dann deutete ich auf meine nackten Füße. »Ein Schuh ist besser als keiner.«

Ich seufzte.

Ein Teil von mir wollte nicht, dass er aufwachte. Er war so aufgebracht gewesen wegen Larry, als das Flugzeug unterging. Ich kannte Max gar nicht. Ich hatte keine Ahnung, was er tun würde, wenn er aufwachte. Er war der Erwachsene von uns beiden. Was für ein Mensch er am Ende auch sein mochte, ich hoffte, dass er wusste, was zu tun war.

Wir trieben eine Weile so dahin und ich sagte nichts mehr laut. Der freudlos graue Himmel verschmolz mit der trostlos schwarzen Wasserfläche. Trotzdem fühlte ich mich weniger allein als im Dunkeln.

Außerdem gab es Hoffnung tief in mir drin. Hoffnung, dass man uns bald finden würde. Kalt und müde und hungrig, wie ich war, würde ich mir dieses Bild nicht nehmen lassen. Die große Hürde war, gerettet zu werden, und ich hegte die Hoffnung, dass Hilfe auf dem Weg war.

Obwohl ich versuchte, an andere Dinge zu denken, schöne Dinge, etwas, um mich abzulenken, wurde es unmöglich, meine Blase zu ignorieren.

Jetzt war ich froh, dass Max nicht wach war.

Ich wollte meine Beine – oder irgendeinen Teil von mir – nicht wieder ins Meer tauchen. Auf dem Bauch rutschte ich mit dem Unterkörper ein Stück über den Rand. Meine Beine waren gestreckt, nicht im Wasser, und ich schaffte es, meine Shorts und den Slip so weit auszuziehen, dass sie nicht nass wurden. Sie waren zwar schon feucht vom Regen und dem Meerwasser, aber ich wollte sie nicht auch noch bepinkeln.

Meine Blase zu entleeren, fühlte sich so gut an, dass ich fast weinte vor Erleichterung.

Als ich fertig war, spritzte ich mich halbwegs sauber und ließ mich im Wind ein bisschen trocknen.

Ich musste grinsen, als ich mir vorstellte, welchen Anblick ich wohl einem Flugzeug über mir bieten würde. Ich zog meine Hose wieder an.

Später ließ der Regen nach, der Wind legte sich bis auf eine schwache Brise und die Wolkendecke riss endlich auf. Die plötzlich ausbrechenden, warmen Sonnenstrahlen verteilten sich auf meiner nackten Haut. Automatisch musste ich lächeln.

Im Floß hatten sich ein paar Zentimeter Wasser gesammelt,

in denen ich nicht mehr sitzen wollte. Ich fragte mich, ob ich es herausschöpfen sollte. Dann erinnerte ich mich an den gelben Becher und öffnete den Reißverschluss des Coastal Commander. War er zum Schöpfen gedacht?

Ich legte den Becher ins Wasser und schöpfte. Es funktionierte ganz gut. Nachdem ich eine Weile gearbeitet hatte, war der Wasserstand im Floß ziemlich gesunken, sodass der Rest wahrscheinlich in der Sonne trocknen würde.

Der Coastal Commander hatte sich bewährt. Zumindest ein bisschen.

Ich fragte mich, ob Max krank werden würde, wenn er mit seinen nassen Sachen und der Kopfwunde weiter so dasaß. Ich wusste, dass ich nicht den ganzen Tag in nassen Sachen verbringen konnte. Irgendwie musste ich sie trocknen. Die von Max auch. Ich rutschte auf dem Po zu ihm, öffnete seine Krawatte und die Rettungsweste, legte beides beiseite und knöpfte anschließend sein weißes Hemd auf.

Danach musste ich eine Pause einlegen. Wie seltsam, ihn auszuziehen. Vielleicht sollte ich es nicht tun. Schließlich hätte er das bei mir wahrscheinlich nicht getan. Aber das war doch was anderes, oder nicht?

Ich schüttelte den Kopf, um ihn klar zu bekommen, und versuchte, die geistige Haltung einer Pflegeperson einzunehmen. Ich wollte ihm bloß helfen, weil er ernsthaft verletzt sein konnte. Und vielleicht noch schlimmer dran war, wenn er in nassen Sachen dasaß. Und ich würde mich furchtbar fühlen, wenn ich ihm irgendwie helfen konnte, es aber nicht tat. Also zog ich Max das Hemd aus.

Sein T-Shirt war dicker und nasser und schwieriger auszuziehen, trotzdem gelang es mir, es ihm über den Kopf zu streifen. Seine Brust war gebräunt und muskulös und um seinen Hals hing ein silbernes Ding an einem schwarzen Band.

»Max?«

»Max!«

Er antwortete nicht.

Ich griff nach dem Anhänger und hielt ihn in der Hand, dann sah ich Max ins Gesicht. Ich hatte sein Gesicht bisher kaum beachtet, aber er sah gut aus. Sogar unrasiert und schlafend. Ich schüttelte ihn ein bisschen an der Schulter. Seine Augen blieben geschlossen und er rührte sich nicht.

Das silberne Ding war länglich mit einem unregelmäßigen schwarzen Wirbelmuster auf einer Seite. Es erinnerte mich an irgendwas. Während ich es in der Hand hielt, schweifte mein Blick zu meinem Daumen, und mir wurde klar, was es war.

Ein Daumenabdruck in Silber.

Sein eigener?

Ich drückte meinen Daumen auf den silbernen Abdruck. Sie waren ziemlich gleich groß.

Max hatte deutlich größere Hände als ich, obwohl er für einen Mann eher von mittlerer Statur war. Sein Daumenabdruck konnte es also nicht sein.

Aber zu wem gehörte er dann?

Zu seiner Freundin?

Ich wollte mehr erfahren, aber momentan konnte er offensichtlich nicht reden. Ich ließ den Daumenanhänger wieder auf seine Brust gleiten.

An seiner Seite sah ich eine lange, gezackte Narbe. Ich fragte mich, wo er sie herhatte und ob er es mir erzählen würde, wenn er aufwachte. Er schien nicht der Typ zu sein, der gern Geschichten von Narben erzählte.

Er schien zu den Leuten zu gehören, die überhaupt nicht gern Geschichten erzählten.

Ich zog mich mit den Sachen zurück, warf das T-Shirt in eine Ecke des Floßes und hielt das Hemd in den Wind, wo der dünne

Stoff ziemlich schnell trocknete. Ich streifte es Max wieder über, was gar nicht so einfach war, aber als ich es geschafft hatte, fühlte ich mich ganz zufrieden.

Dann zog ich meinen Hoodie aus und versuchte, ihn auf die gleiche Weise zu trocknen. Der Stoff war allerdings so dick, dass er nicht einmal annähernd trocken war, als meine Arme vom Hochhalten müde wurden. Ich wusste, dass ich versuchen sollte, mein Top zu trocknen, weil ich es direkt auf der Haut trug.

Für einen Moment zögerte ich. Dann war ich das feucht-klebrige Gefühl leid, drehte Max den Rücken zu, zog mir das Top über den Kopf und hielt es in den Wind, während ich versuchte, nicht daran zu denken, dass ich mit nacktem Oberkörper bei einem Mann im Floß saß, den ich nicht kannte.

Mein Top war aus Baumwolle und trocknete ziemlich schnell. Der Stoff fühlte sich so warm an, als ich es anzog, dass mir meine nassen Shorts noch unangenehmer wurden. Ich erkannte, dass sie genauso schnell oder sogar schneller trocknen würden, also warf ich einen Blick auf Max, dessen Augen noch fest geschlossen waren, und zog auch sie aus. Ich sagte mir, dass trockene Shorts ein paar Momente der Peinlichkeit wert waren. Und mein rosa Slip sah sowieso wie die Hose eines Bikinis aus – und bedeckte auch mehr, es war also nur eine Frage der Definition.

Als meine Bermudas trocken waren und ich sie wieder angezogen hatte, blickte ich mich um und fragte Max, was mir schon seit einer Weile durch den Kopf gegangen war. »Glaubst du, dass sie nach uns suchen?«

Keine Antwort, wie erwartet.

Ich gab sie mir selbst. »Natürlich tun sie das.«

Komisch, ich fühlte mich anschließend kein bisschen besser.

Ich versuchte, mir etwas auszudenken, was helfen würde.

»Es haben schon Leute wochenlang in einem Rettungsfloß überlebt. Oder in viel schlimmeren Situationen.« Mir fiel eine ein.

Wenn uns auf Midway die neuen DVDs ausgingen, musste ich mich mit älteren Filmen begnügen. Einer handelte von der USS Indianapolis, die 1945 auf einer geheimen Mission zu den Mariana-Inseln unterwegs gewesen war, mit Bestandteilen für die Atombombe, die eine Woche später über Hiroshima abgeworfen wurde. Das schwere Schiff wurde auf dem Rückweg zu den Philippinen von einem japanischen U-Boot torpediert und sank innerhalb von zwölf Minuten.

Seltsam, dass ein riesiges Schiff wie dieses so schnell in den Wellen untergehen konnte. Mir kam es beinahe so vor, als hätte die G-1 länger gebraucht.

Die Überlebenden blieben ohne Rettungsboote auf dem Ozean zurück. Einige hatten nur ihre Unterwäsche am Leib, als sie ins Meer sprangen.

Und die Mission war so geheim, dass niemand wusste, wo sie waren, weshalb sie auch von niemandem vermisst wurden. Vier Tage und fünf Nächte trieb die Crew oder vielmehr das, was davon übrig war, im Ozean. Ein Flugzeug entdeckte zufällig den Ölteppich und die Überlebenden wurden schließlich gerettet. Von den neunhundert Besatzungsmitgliedern überlebten etwas über dreihundert Personen die Zeit im Wasser.

»Siehst du«, sagte ich laut. »Das war viel schlimmer.«

Aber es war hart für mich, mir vorzustellen, was schlimmer sein konnte, als ohne Essen und Wasser in einem Floß mitten auf dem Ozean zu treiben, ohne zu wissen, ob uns jemals jemand finden würde. Nachdem ich mich jetzt an den Film erinnert hatte, konnte ich nicht aufhören, daran zu denken.

Männer starben an Dehydrierung oder wurden verrückt. Von Haien angegriffen.

Ein Schauder rann durch meinen Körper.

Da ich auf Midway lebte, dachte ich nicht gern an Haie. Faszinierend fand ich sie aber schon.

Die meisten Leute auf dem Festland glaubten vermutlich, dass die großen Weißen Haie die schlimmsten waren, aber ich hatte Tigerhaie in Aktion gesehen. Tigerhaie waren wie Tötungsmaschinen, nur von ihren Instinkten geleitet, die ihnen befahlen, zu töten und zu fressen, und zwar nicht notwendigerweise in dieser Reihenfolge. Sie haben den Spitznamen »Müllschlucker der Meere«, weil sie alles fressen. Einschließlich Menschen. Auf Midway gingen Frauen während ihrer Periode nicht ins Wasser, weil der Blutgeruch Haie anlocken könnte. Wenn die Albatrosse nisteten und die jungen Albatrosse fliegen lernten, lockte das Wasser um Midway zahlreiche Haie an.

Die jungen Albatrosse landeten auf dem Wasser, wenn sie müde wurden. Manche kapierten nicht, dass sie die Flügel einfalten mussten, weil sie mit nassen Flügeln nicht mehr fliegen konnten. Die Dummen hockten also mit ausgebreiteten Flügeln auf dem Wasser, waren aber nicht kräftig genug, um sie lange oben zu halten, und ließen sie natürlich hängen, bis sie das Wasser berührten und ihr Gefieder nass wurde.

Dann konnten die jungen Vögel nicht mehr abheben.

Und waren des Todes.

Die Tigerhaie wussten genau, wann das passieren würde, und tauchten wie Uhrwerke jedes Jahr Ende Juni, Anfang Juli auf, um sich an den Albatros-Menüs zu bedienen.

Ich war einmal mit meinem Dad draußen gewesen und hatte einen jungen Albatros auf der Lagune treiben sehen. Mein Dad fuhr auf ihn zu, aber da schoss plötzlich ein sechzig Zentimeter breites, offenes Maul hoch, verschlang den Vogel in einem Bissen und verschwand.

Am meisten hatte mich erschreckt, dass es keine Warnung gab, anders als im Film, wo erst die Musik einsetzt, danach taucht die Rückenflosse aus dem Wasser und dann kommt der Angriff. In der Realität gibt es bei Tigerhaien nur einen dunklen Umriss im Wasser, einen flüchtigen Schatten, grau schimmernde Haut und dann kommt der Tod.

Deshalb hatte ich nichts übrig für Leute, die über große Weiße Haie redeten. Tigerhaie sind die wahren Monster der Meere. Und mir schmeckte nicht, dass mich kaum mehr als ein Zentimeter aufgeblasenes Gummi von ihnen trennte.

Ich schloss die Augen und versuchte zu schlafen.

Ich hatte kein Glück.

# SIEBZEHN

Bis zum Abend fühlte ich mich dank der Sonne und des warmen Windes ein bisschen trockener, nur meine Sachen waren steif vom Salzwasser. Aber das war immer noch besser, als die ganze Nacht in nassen Kleidern dazusitzen. Ich musste mich damit abfinden, dass wir an diesem Tag nicht gerettet werden würden. Meine Haut brannte von dem vielen Salz, das darauf getrocknet war. Ich versuchte, an etwas anderes zu denken. Es würde helfen, wenn ich mit jemandem reden könnte.

Aber Max schlief immer noch.

Ich wollte ihn wecken. Ich fühlte mich wieder einsam, viel zu einsam.

»Max?«

Er bewegte sich nicht.

»Max. Max!«

Nichts.

Ich rutschte zu ihm, packte seinen Arm, schüttelte ihn ein bisschen. Er rührte sich nicht.

»Max.« Ich schlug ihm sogar ein bisschen auf die Wange und dann legte ich meine Hand darauf. Seine warme Haut war wie Sandpapier mit Barthaaren, und ich ließ meine Hand noch eine Weile, wo sie war, und wiederholte seinen Namen und ließ meine zitternden Finger nach unten zu seinem Hals gleiten, bis ich seinen Puls spürte.

Ich atmete auf und lehnte mich zurück.

Ich war auch müde, dabei hatte ich gar keine Wunde am Kopf. Ich hatte gelesen, dass der Körper manchmal selbst wusste, wann er Ruhe brauchte, und dafür sorgte, dass man schlief. Na ja, eigentlich war das wohl eher wie ein Koma. Ich glaubte aber nicht, dass Max im Koma war.

Jedenfalls hoffte ich es.

Ich faltete meinen Hoodie zusammen, legte ihn Max in den Schoß und bettete meinen Kopf darauf, in der Hoffnung, dass es Max nichts ausmachen würde. Die Position war angenehm … beinahe gemütlich.

Ich schloss die Augen.

Mein Magen knurrte, er war so leer, dass es fast wehtat. Meine Kehle war trocken, wenn ich schluckte, aber ich versuchte, das Gefühl zu verdrängen. Schließlich wiegte mich der Rhythmus der Wellen sanft und ruhig in den Schlaf.

Ich wachte unter einer Mondsichel und zahllosen Sternen auf, eine sanfte Brise wehte. Immer noch hungrig und durstig, bemerkte ich ein weiteres Unbehagen: Meine Shorts waren wieder kalt und feucht. Hatte das Floß ein Leck?

# ACHTZEHN

Als ich den Boden des Floßes abtastete, waren meine Hände fast vollständig mit Wasser bedeckt. Das Wasser stand mindestens zwei Zentimeter hoch. Der Pegel schien aber nicht weiter zu steigen.

Hatte ich so lange geschlafen?

Vielleicht hatte es geregnet.

Aber mein Top war noch trocken. Ich suchte nach dem Becher und schöpfte, bis ich am Boden fast kein Wasser mehr spürte.

»Max?«

Er antwortete nicht. Schnell legte ich meine Finger an seinen Hals und fand seinen Puls. War er schwächer geworden?

Ich dachte mir, dass es nicht gut sein konnte, wenn er so lange schlief, falls er eine Gehirnerschütterung hatte. Ich musste ihn wecken.

Mit beiden Händen an seinen Schultern schüttelte ich ihn. »Max!« Er reagierte nicht. »Wach auf! Mach schon.«

Ich tastete noch einmal nach seinem Puls.

Schwach. Viel zu schwach.

Verzweifelt rollte ich mich zusammen, legte meinen Kopf in seinen Schoß, kniff die Augen zusammen und versuchte zu schlafen, ausgedörrt und hungrig, wie ich war.

Die Sonne weckte mich, hell und heiß vom wolkenlosen Himmel.

Ich leckte mir die Lippen. Sie waren so trocken, dass sie brannten.

Jetzt erst erkannte ich unseren neuen Feind.

Wir waren ohnehin durstig, aber mit der Sonne und der Hitze würde das schlimmer werden. Hunger war auch mies, aber Menschen kamen ohne Essen länger zurecht als ohne Wasser. Ich versuchte, mich an den Film über die Überlebenden der Indianapolis zu erinnern und wie lange sie ohne Wasser ausgehalten hatte.

Ich redete auf mich ein, dass sie viel schlimmer dran gewesen waren als wir.

Wir hatten ein Floß.

Sie waren mit nichts außer Rettungswesten schutzlos im Meer getrieben. Ich hätte so keinen einzigen Tag durchgehalten. Ich hätte bei der Vorstellung, was da alles unter mir schwamm, den Verstand verloren.

Andererseits hatten sie einander gehabt.

Mein Blick fiel auf Max. Er war zwar bewusstlos, aber schließlich noch da. Ich würde durchhalten, solange ich nicht allein war.

Ich beugte mich vor, um noch einmal seinen Puls zu fühlen, aber dann hielt ich mitten in der Bewegung inne, bevor meine Hand seinen Hals berührte.

Es gab keinen Grund, seinen Puls zu fühlen.

Max fehlte nichts. Absolut nichts. Er schlief einfach nur.

Er hatte viel durchgemacht und war verletzt und brauchte Schlaf. Und ich würde ihm den nicht verwehren. Fast wie von selbst wanderte meine Hand zu seinem Hals. War da ein Puls? Ja. Ja, ich fühlte ihn. Ein sehr schwaches Pochen, aber es war da. Ganz sicher.

Er war ein wenig zur Seite gekippt und hinter ihm schaute etwas hervor. Ich zog daran. Seine Gürteltasche. Ich hatte nicht mehr daran gedacht, seit ich sie beim Ausziehen hinter ihn geschoben hatte. Ich hielt sie einen Moment in meinem Schoß, dann drückte ich sie zusammen, um zu fühlen, was darin war.

Unter meiner Berührung raschelte Plastik und etwas, das sich wie ein Buch anfühlte. Beinahe unwillkürlich liebkosten meine Hände die Tasche für einen Augenblick.

Ich sah Max an, dann wieder die Tasche.

Nein, ich würde sie nicht öffnen. Die Tasche gehörte ihm. Er würde sie öffnen müssen. Außerdem würde er ziemlich sauer sein, wenn er aufwachte und sah, dass ich darin herumgewühlt hatte, und so schob ich sie wieder hinter ihn, wo ich sie gefunden hatte.

Im Floß hatte sich neues Wasser gesammelt, und ich schöpfte, damit wir trocken blieben. Ich wollte, dass Max aufwachte, um mit mir zu reden, über irgendwas zu reden. Egal was. Sogar Haie wären in dem Moment für mich ein akzeptables Thema gewesen.

»Wusstest du, dass Haie die einzigen Fische sind, die mit beiden Augen blinzeln?«

Kein Antwort, wie erwartet.

Ich seufzte. War es zu viel verlangt, dass ich mit jemandem reden wollte?

# *NEUNZEHN*

Nachdem ich stundenlang ununterbrochen geschöpft hatte, erkannte ich, dass es tatsächlich irgendwo ein Leck geben musste, weil immer wieder Wasser nachlief. Dagegen musste etwas getan werden.

Unwillkürlich tastete ich noch einmal nach Max' Hals. Meine Fingerspitzen fanden keinen Puls und mein eigener schlug schneller. Ich legte meinen Kopf an seine Brust und lauschte. War da ein Herzschlag?

Natürlich, natürlich war er da.

Ich setzte mich auf. *Max geht es gut. Er ist jung und kräftig und ruht sich bloß aus.*

»Da ist aber fast kein Puls.« Ich hatte es laut gesagt. Wurde es wahr, weil ich es laut ausgesprochen hatte? Nein. »An einer Kopfwunde stirbt man nicht.«

*Oder doch?*

Ich befühlte noch einmal seinen Hals, dann lauschte ich wieder mit dem Kopf an seiner Brust. Seine Brust war warm, nicht kalt. Wenn er tot war, wäre er kalt, oder?

Ich hob das Gesicht zum Himmel und zur Sonne. Der Tag war heiß. Selbst ein toter Fisch würde sich warm anfühlen, wenn er an so einem Tag draußen herumlag.

*Hör auf!*

Mein Kopf sank in meine Hände.

Was sollte ich tun? Jemand musste mir sagen, was zu tun war.

»Sag mir, was ich tun soll!«, schrie ich den Himmel an. »Was soll ich tun?«

Mein trockener Hals schmerzte auch ohne Schreien schon genug, also hörte ich damit auf.

In der Zwischenzeit sammelte sich wieder Wasser im Floß, und ich wusste, dass mir bald die Kraft zum Schöpfen ausgehen würde.

Wenn wir, Max und ich, so weitermachten, würde das Floß untergehen und uns im Meer zurücklassen. Zusammen waren wir, ich mit meinen zweiundfünfzig und er mit seinen fünfundsiebzig bis achtzig Kilo, zu schwer.

Wäre die Lage anders, wenn ich allein im Floß war? Würde es kein Wasser mehr aufnehmen und nicht untergehen?

Wir mussten im Floß bleiben und weitertreiben. Es lohnte sich nicht, an die andere Möglichkeit auch nur zu denken. Nein. Schlimmer. Die andere Möglichkeit war unerträglich. Ich würde nicht überleben, wenn ich im Wasser schwimmen musste.

Noch einmal legte ich meinen Kopf an seine Brust. Ich hielt seine Hand, die eindeutig nicht warm war. Ich rieb sie, versuchte, die Durchblutung anzuregen, redete mir ein, dass das der Grund war, warum sie mir steif vorkam. »Nein.« Ich legte mein Gesicht an seine Brust. Er roch salzig, wie der Ozean, mit dem Hauch irgendeines Eau de Cologne. »Du wirst es schaffen. Ich kann nicht allein sein.«

Ich blieb so lange bei ihm sitzen, bis mehrere Zentimeter Wasser ins Floß gelaufen waren, die ich unmöglich ausschöpfen konnte. Meine Möglichkeiten reduzierten sich allmählich auf eine, die eine, die ich am meisten fürchtete.

# ZWANZIG

Ich nahm Max bei den Händen, lehnte mich zurück und zog ihn zu mir. Seine Position veränderte sich kaum, und ich wusste, dass es nicht funktionieren würde. Also ließ ich ihn los, und er sackte dahin zurück, wo er vorher gesessen hatte.

Seine Rettungsweste lag noch in der Ecke. Ich kniete mich vor Max hin und zog sie ihm mühsam wieder an.

Ich sprach so gelassen und beruhigend, wie ich konnte. »Es ist nur für eine Weile, bis ich das Wasser aus dem Floß geschöpft habe. Ich lasse dich nicht im Stich. Versprochen.«

Ich rollte ihn auf die Seite, rutschte dicht hinter ihn und schob. Der Boden war glitschig, so konnte ich Max fast mühelos zum Rand schieben. Seinen linken Arm und sein linkes Bein über die Seitenwand zu hieven, verlangte mir allerdings meine letzten Kräfte ab.

Er war zur Hälfte drin und zur anderen draußen, lag wie ein Käfer auf der Seitenwand des Floßes. Ich sah ihn verschwommen. Weinte ich? »Tut mir leid.«

Mein Plan war, ihn auf dem letzten Stück herumzudrehen, sodass er mit dem Gesicht nach oben im Wasser landete. Nur so lange, bis ich das Floß geleert hatte. Ein paar Minuten, höchstens. Wenn ich einen Hai sehen sollte, würde ich ihn wieder hereinholen. Irgendwie.

Am Floß hing ein Nylonseil und das band ich an seiner Schwimmweste fest. »Ich lasse dich nicht im Stich. Versprochen.«

Er wachte nicht auf. Und er hörte auch nicht, was ich ihm versprach.

Mit weniger Gewicht im Floß schöpfte ich wie verrückt und hatte Erfolg. Anscheinend floss kein Wasser nach, was meine Stimmung besserte.

Dann fiel mein Blick wieder auf Max' Tasche. Und wenn etwas darin war, was wir gebrauchen konnten?

Aber wenn das so war, hätte er es doch in der ersten Nacht herausgenommen.

Oder etwa nicht?

Andererseits, überlegte ich weiter, was sollte da schon Brauchbares drin sein?

Etwas Essbares vielleicht. Ein Handy. Irgendwas ...

Ich griff danach, hielt die Tasche eine Weile in der Hand und zögerte. Sie war gelb und rund wie ein dicker Zylinder, oben aufgerollt und mit einer schwarzen Plastikschnalle verschlossen.

Die Tasche war Privateigentum. Sie gehörte Max. Ich durfte nicht ohne sein Einverständnis hineinschauen. Ich öffnete die Schnalle, und anschließend sagte ich mir, dass ich sie zurückgeben sollte.

Aber dann rollte ich das obere Ende auf und zog den Reißverschluss auf.

# EINUNDZWANZIG

Langsam faltete ich ein Papierbündel auseinander. Bevor ich anfing zu lesen, glättete ich das Papier mit der Hand. Die erste Seite war die Ladeliste unseres Fluges. Larry stand ganz oben, dann Max, dann die Fracht. Ich blätterte durch die Seiten, ohne genau zu wissen, wonach ich suchte. Irgendetwas nagte an mir und dann traf es mich wie ein Schlag.

*Wo war mein Name?*

Mein Name musste nicht unbedingt wie alles andere in Maschinenschrift auftauchen. Es war nicht genug Zeit gewesen, also wäre er mit der Hand ergänzt worden. Ich blätterte noch einmal durch die Seiten, auf der Suche nach handschriftlichen Eintragungen. Auf der Suche nach den Worten *Robie Mitchell.*

Aber außer den Unterschriften, der einen von Larry und der anderen von dem Typen, der für die Ladung verantwortlich war, gab es keinen einzigen handschriftlichen Eintrag.

Ich blätterte noch einmal. Und suchte. Ich studierte jede einzelne Seite, bis sie vor meinen Augen verschwamm. Aber meinen Namen konnte ich immer noch nicht finden.

Ich ließ mir den Abend vor dem Flug noch einmal durch den Kopf gehen. Ich war im Warteraum eingeschlafen. Larry war gekommen und hatte mich geholt. Er hatte mich etwas gefragt.

*Aber was?*

Ich atmete schneller und flacher, während ich mich zu erinnern versuchte. Die Papiere zitterten in meinen Händen. Er hatte etwas wegen Papierkram gefragt. Hatte er Max erwähnt? Daran glaubte ich mich jedenfalls zu erinnern.

Hatte Max die Formalitäten für mich erledigen sollen und es vergessen?

Mir stockte der Atem.

Eine Sache wusste ich allerdings ganz genau.

Ich hatte an diesem Abend nicht auf der Waage gestanden. Was bedeutete, dass ich nicht gewogen worden war und mein Gepäck auch nicht.

Die Papiere fielen mir in den Schoß, als ich mein Gesicht mit den Händen bedeckte.

Ich selbst und mein Gepäck waren zusätzliche Kilos, mehr, als die G-1 mit einer Turbine befördern konnte. Ich hätte mich melden müssen. Ich hatte niemals einen Fuß in diese Maschine gesetzt, bevor ich gewogen worden war, selbst wenn wir mit einer relativ leeren Maschine von Midway nach Honolulu flogen.

Aber ich war so groggy gewesen vom Schlaf ... hatte unbedingt nach Hause gewollt ... war aufgeregt gewesen wegen des Flugs ...

Ich ließ die Hände sinken und starrte auf den Horizont hinaus.

Hatte ich die Maschine mit meinem Gewicht und meinem schweren Gepäck zum Absturz gebracht?

Was wusste ich mit Sicherheit?

Nur, dass meine zweiundfünfzig Kilo nicht auf der Liste auftauchten. Und mein Koffer und die Tasche auch nicht, die vollgestopft waren und vermutlich insgesamt fast fünfunddreißig Kilo wogen. Das waren etwa neunzig Kilo zu viel für die G-1, wenn ein Triebwerk ausfiel.

Ich griff wieder nach den Papieren und suchte nach meinem Namen. Sie hätten doch schätzen können, oder? Vielleicht hatten sie meinen Namen gar nicht aufgeschrieben, aber das ungefähre Gewicht von mir und meinem Gepäck auf die Ladung aufgeschlagen. Oder vielleicht hatten sie ein paar Sachen ausgeladen, die so schwer waren wie ich mit meinen Sachen, ohne es aufzuschreiben.

Larry hatte mein Gewicht bei anderen Flügen aufgeschrieben, er hätte wissen können, wie schwer ich ungefähr war, und vielleicht sogar noch ein bisschen was draufgeschlagen, nur zur Sicherheit.

Ich nickte.

*Unbedingt.* Das hörte sich viel vernünftiger an. Larry war zu klug, um so einen gravierenden Fehler zu begehen.

Da ich mich besser fühlte, dachte ich mir ein anderes Szenario aus. Möglicherweise hatten sie mein Gepäck gewogen, während ich schlief, und zurückgebracht, ohne dass ich es merkte.

So musste es sein.

Sie flogen so oft, ein Fehler wie dieser würde ihnen nicht passieren.

Trotzdem, selbst wenn mein Gewicht da draufstand, selbst wenn es für die eine Turbine nicht zu viel gewesen war, blieb noch ein Punkt, eine Tatsache, die vielleicht schlimmer war als alles andere. Und selbst wenn ich mir noch so große Mühe gab, diesen Punkt konnte ich nicht wegdiskutieren.

*Mein Name stand nicht auf der Verladeliste.*

# ZWEIUNDZWANZIG

Wenn mein Name nicht auf der Liste stand, dann wusste auch niemand, dass ich in dem Flieger gesessen hatte. Außer Larry und Max.

Aber Larry war weg.

Und Max war bei mir.

Der Glatzkopf vom Bodenpersonal, der an dem Abend eingesprungen war, der wusste es doch, oder?

Ich atmete aus und legte die Papiere in meinen Schoß.

Aber der Abend war verrückt gewesen, überall waren Leute herumgerannt. Er kannte mich nicht, hatte mich nur zu Larry geschickt und mir eigentlich kein Okay gegeben. Als ich mit ihm sprach, hatte ich mein Gepäck auch gar nicht bei mir gehabt. Ich hatte ihn außerdem auch nur gefragt, wo Suzanne war. Er hatte nur gewusst, dass ich sie suchte, aber nicht, dass ich mitfliegen wollte.

Und das Frachtpersonal war schon weg gewesen, als ich ins Flugzeug stieg. Es war dunkel gewesen. Niemand hatte mich einsteigen sehen außer Larry und Max.

Ich faltete die Papiere zusammen, unfähig, sie mir noch einmal anzusehen, und steckte sie zurück in die Tasche.

Als Nächstes fand ich eine laminierte Karte. Unter der Überschrift »Rettungsmaßnahmen auf See« war eine Liste mit Stichworten, darunter Kleingedrucktes.

Ganz oben auf der Liste stand WICHTIG!

Unwillkürlich sah ich eine alte Lady vor mir, die mit erhobenem Zeigefinger vor mir stand. *Robie, das ist jetzt ganz wichtig:*

1. **Kein Meerwasser trinken.**
   Hoppla. In der ersten Nacht hatte ich vermutlich ein paar Liter getrunken, als ich ins Wasser gefallen war.
2. **Keinen Urin trinken.**
   Hatte ich nicht vor.
3. **Keinen Alkohol trinken.**
4. **Nicht rauchen.**
   Diese beiden waren einfach nur dämlich und ich murmelte ein halbherziges »Logo«.
5. **Nicht essen, wenn kein Wasser greifbar ist.**

Das leuchtete mir nicht ein. Wenn ich etwas Essbares in die Finger bekäme, würde ich es ganz bestimmt nicht verschmähen.

Unter dem nächsten Stichwort auf der Karte wurden die beiden häufigsten Todesarten nach einem Schiffbruch erläutert. Die eine war Ertrinken …

*Hm, kenne ich, wäre mir fast passiert.*

Die zweite Unterkühlung.

Ich hoffte, dass es um diese Jahreszeit warm genug war, damit mir das erspart blieb. Seit der ersten Nacht und dem nächsten Tag hatte ich nicht mehr gefroren. Außerdem nahm ich an, dass die Gefahr größer war, wenn man kein Floß hatte und die ganze Zeit im Wasser sein musste. Was zu der Schlussfolgerung führte, wie ich anschließend lesen konnte, dass man auf See am besten überleben konnte, wenn man, wie ich, in einem aufblasbaren Rettungsfloß saß.

Gut zu wissen, dass ich wenigstens *irgendwas* richtig machte.

Die anderen Punkte auf der Karte trafen nur teilweise zu. Es hieß, dass man sich vom Schiff entfernen sollte, um nicht damit unterzugehen. Dann ging es um den Ölteppich vom Schiff oder Flugzeug, weil der sich entzünden konnte. Es gab einen ganzen Absatz über Tauchen und Unter-Wasser-Schwimmen, um dem Feuer zu entkommen.

Dieses eine Problem hatte ich wenigstens nicht gehabt. *Danke, lieber Gott, für diesen kleinen Gefallen.* Mein Flugzeug war abgestürzt, aber wenigstens hatte ich nicht mit einem brennenden Ölteppich fertigwerden müssen.

Ich las weiter. Im nächsten Kapitel ging es um Dehydration.

»Um Wasserverlust durch Schwitzen zu reduzieren, tauchen Sie Ihre Kleidung ins Meer und wringen Sie sie aus.«

Ich stöhnte. All die Mühe, meine Sachen zu trocken, war reine Zeitverschwendung gewesen.

»Vergessen Sie aber nicht, dass diese Methode zu Salzwassergeschwüren und Ausschlägen führen kann.«

Was war ein Salzwassergeschwür? Das wollte ich lieber nicht herausfinden.

»Achten Sie darauf, dass der Boden des Floßes nicht nass wird.«

Im Floß war es nie trocken gewesen.

»In Arktischen Gewässern kann schwimmendes Eis als Trinkwasser verwendet werden.«

Ich seufzte. Besonders viele Eisberge konnte ich in meiner Umgebung nicht entdecken.

»Sie können Wasser aus Fischen gewinnen. Trinken Sie die wässrige Flüssigkeit, die Sie an der Mittelgräte und in den Augen großer Fische finden.«

»Igitt.« Ich musste schon ziemlich verzweifelt sein, bis ich das tat, so viel war sicher.

»Beobachten Sie die Wolken und seien Sie vorbereitet, sobald es regnet. Halten sie die Persenning bereit, um damit Wasser aufzufangen.«

Das wäre wirklich nett, wenn ich so eine blöde Persenning hätte!

Die Leute von der Rettungswacht gingen offensichtlich davon aus, dass man alles bei sich hatte, was man brauchte, wenn man Schiffbruch erlitt.

*Idioten.*

Wütend stopfte ich die Karte in die Gürteltasche zurück, ohne weiterzulesen.

Ich suchte weiter und fand ein rotes Spiralheft, durchgebogen, weil es sich der Form der Gürteltasche angepasst hatte. Ich las die Worte auf dem Deckblatt, runzelte die Stirn und blätterte durch die Seiten. Sie waren mit der Hand vollgeschrieben, aber jetzt brach ich eindeutig in seine Privatsphäre ein. Wenn Max wollte, dass ich erfuhr, was dort stand, würde er es mir sagen. Ich blickte auf ihn hinab, sein Gesicht war immer noch ausdruckslos.

Trotzdem legte ich das Notizbuch zurück, ohne darin zu lesen. In der Gürteltasche war noch ein Gegenstand, etwas Rotes. Ich griff hinein und zog ihn heraus.

Ich jubelte, als ich sah, was es war.

# DREIUNDZWANZIG

Trotz meines großen Durstes lief mir sofort das Wasser im Mund zusammen.

Eine große Tüte Skittles.

Mein Blick wanderte zu Max.

Ich schluckte.

Würde er mir welche abgeben, wenn er aufwachte? Er schuldete mir nichts. Er hatte mir schon das Leben gerettet.

Er hätte mir doch sagen können, dass er sie hatte. »Hey, wir treiben zwar auf dem Meer, aber ich hab Skittles.«

*Taste the rainbow.*

Mein Herz schlug schneller und ich leckte mir die Lippen.

*Taste the rainbow.*

Er hatte genug Zeit gehabt, es mir zu sagen.

*Taste the rainbow.*

Es ließ sich nicht leugnen, dass er mir das einzig Essbare im Floß vorenthalten hatte.

*Taste the rainbow.*

»Du mich auch, Max.« Behutsam breitete ich meinen Hoodie über meinen Schoß, riss die Tüte mit den Skittles vorsichtig auf und schüttete sie auf das Sweatshirt.

Zuerst konnte ich sie nur anstarren, während mein Herz hämmerte.

Dann zählte ich sie.

Einhundertsieben insgesamt.

Mit zitternder Hand sortierte ich sie nach Farben in Häufchen und zählte noch einmal.

Dreizehn rote.

Dreiundzwanzig gelbe.

Zweiundzwanzig orangefarbene.

Zweiunddreißig grüne.

Siebzehn dunkelrote.

Die dunkelroten Skittles mochte ich nicht. Sie schmeckten wie richtig übler Traubensaft. Die konnte Max alle behalten. Aber um die grünen und die orangefarbenen würde ich mich mit ihm streiten. Ich mochte sie am liebsten.

Ein orangefarbenes Skittle war deformiert.

Ich ging davon aus, dass es Max nichts ausmachen würde, wenn ich das missratene aß.

Kümmerte ich mich eigentlich darum, was Max etwas ausmachte und was nicht?

Mein Zögern dauerte nur kurz, dann steckte ich es in den Mund und lutschte, um den Fruchtgeschmack so lange wie möglich zu erhalten. Die übrigen Skittles steckte ich wieder in die Tüte, eins nach dem anderen, dann schob ich die Packung in die Gürteltasche zurück, zog den Reißverschluss zu und legte sie beiseite.

*Idiotisch.*

Er würde wissen, dass ich an seinen Sachen gewesen war, sobald er die Tüte mit den Skittles sah.

Aber eigentlich war mir das egal. Mein Mund schmeckte immer noch nach Orange. Ich öffnete meine Hand. Meine nassen, schrumpligen Finger trugen die Farben des Regenbogens. Ich leckte meine Handfläche ab, dann steckte ich alle meine Finger nacheinander in den Mund und lutschte genüsslich. Und beseitigte die Spuren.

Mein Hintern war nass. Es war wieder Zeit zum Schöpfen.

# VIERUNDZWANZIG

Ich schaffte es, fast alles Wasser aus dem Floß zu schöpfen. Für die Verfasser der »Rettungsmaßnahmen auf See« wäre es vermutlich nicht trocken genug, aber besser konnte ich es einfach nicht.

Die Sonne brannte vom Himmel, und ich zog mir die feuchte Kapuze meines Hoodies über den Kopf, um mein Gesicht vor den heißen Strahlen zu schützen. Max' Gesicht war ungeschützt, deshalb nahm ich sein nasses T-Shirt, das im Floß auf dem Boden gelegen hatte, und deckte ihn damit zu. Hoffentlich bekam er davon keine Meerwasserekzeme.

Ich schloss die Augen und merkte nichts mehr, bis ich mit trockener Kehle und immer noch rumorendem Magen aufwachte. Die Sonne stand weiterhin am Himmel, aber nicht mehr so hoch, und ich saß wieder einmal im Wasser.

Ich beugte mich hinaus, um nach Max zu sehen.

Er war weg.

»Max!«

Mit der Hand über den Augen suchte ich das Meer um das Floß herum ab. »Max!«

*Oh, mein Gott, was habe ich getan?*

*»Max!«* Ich schrie seinen Namen, bis ich heiser wurde und das Wasser im Floß so hoch stand, dass ich es nicht länger ignorieren konnte. Ich fing wieder an, wie wild zu schöpfen, während ich weiter nach Max rief und meine Gedanken rasten.

»Max!«

*Er hat eine Schwimmweste an, er wird nicht untergehen. Er wird es schaffen.*

»Max!«

*Er wird aufwachen und hinter mir herschwimmen.*

»Max!«

*Die Strömung wird ihn in meine Richtung treiben.*

*Das wird sie doch, oder?*

*Aber müsste er nicht hier sein, wenn das so wäre?*

Ich schüttelte meine Gedanken ab, um mich aufs Schöpfen zu konzentrieren. Ich würde mich später darum kümmern, wie ich Max zurückbekam.

Bald wurde deutlich, dass meine Bemühungen nicht ausreichten. Es würde mir nicht gelingen, das Floß leer zu schöpfen. Der beste Weg war, auszusteigen und es umzudrehen, um es auszuleeren, und dann wieder einzusteigen.

Es gab keine zweite Schwimmweste, also würde ich mich über Wasser halten müssen, indem ich mich an das Floß klammerte. Ich nahm meinen ganzen Mut zusammen, schob einen Fuß über den Rand und ins Wasser.

Und erstarrte.

Es ging nicht. Ich konnte nicht aussteigen.

Ich zog meinen Fuß wieder zurück und setzte mich. Unter mir stieg das Wasser immer weiter. Ich wusste, dass ich keine Wahl hatte, also schob ich meinen Fuß noch einmal über den Rand. Diesmal ließ ich ihn ein paar Minuten draußen und zog ihn erst dann wieder zurück.

Ich würde auf keinen Fall freiwillig aus dem Floß aussteigen.

Ich würde hierbleiben, bis ich in den Wellen unterging, bis sie mich für immer mitnahmen. Ich brauchte etwas, womit es mir besser ging, etwas, um mir einzureden, dass ich nicht in einem Floß mitten auf dem gottverdammten Ozean festsaß.

Ich griff nach Max' Tasche, zog den Reißverschluss auf und nahm die Tüte mit den Skittles heraus. Ich schüttete ein paar in meine Hand, schob sie mir in den Mund, kaute, schmeckte jede einzelne Sorte, nicht einmal der Traubensaft störte mich. Sobald ich sie geschluckt hatte, verschlang ich noch eine Handvoll und merkte erst dann, dass ich die Tüte zur Hälfte geleert hatte.

Mir blieb der Mund offen stehen. »Oh mein Gott.«

Was tat ich da? Die Bonbons gehörten Max.

Und waren vorläufig das einzig Essbare, was wir hatten.

War ich wegen der Sonne und vor Durst jetzt schon verrückt geworden? Hatte es bei den Überlebenden der Indianapolis etwa auch nicht länger gedauert, bis sie den Verstand verloren hatten?

*Reiß dich zusammen, Robie. Reiß dich zusammen.*

Ich steckte die Skittles wieder in die Gürteltasche, die ich ans andere Ende des Floßes schob.

Mein Kinn zitterte, und meine Lippen kräuselten sich, als ihnen ein kläglicher Jammerlaut entwich.

Schluchzer blubberten hoch, heftig erstickende, atemlose Schluchzer erschütterten meinen ganzen Körper, zusammen mit Tränen, die mir die Sicht nahmen, sodass meine ganze Welt aus den Fugen geriet. Und so schrie ich, brüllte den Himmel an: »Ich will nicht hier sein! Ich will nicht hier sein!«

*Ich will irgendwo sein, bloß nicht hier.*

# FÜNFUNDZWANZIG

Nicht länger im Floß, nicht länger fünfzehn, nicht länger in einer Welt, die sich meiner Kontrolle entzog. Ich fühlte mich wie ein kleines Kind von fünf Jahren, das aus einem scheußlichen Albtraum erwachte, wollte meine Mutter, wollte, dass sie alles Schlechte von mir fernhielt.

Mit dem Gesicht zwischen meinen Fäusten kniff ich die Augen zu. »Mommy! Wo bist du? Wo bist du?«

Ich wiegte mich vor und zurück, kämpfte, um die Worte zwischen all dem Schluchzen und Keuchen und Schlottern hervorzupressen.

»Mommy! Ich brauche dich!« Sie sollte mir antworten. »Ich brauche dich!«

»Komm mich holen!«, sagte ich wieder und wieder, bis die Worte leiser wurden, zu einem verzweifelten Flehen verebbten. »Komm mich holen. Bitte. Mommy. Bitte.«

Beim letzten »Komm mich holen … Mommy …« brach meine Stimme.

Und dann konnte ich die Worte nur noch denken.

*Mommy. Bitte, komm mich holen.*

Aber sie kam nicht.

*Bitte, sag mir jemand, dass es Schlimmeres gibt.*

Und in dem Moment wurde mir klar, dass mir niemand sagen konnte, was schlimmer war. Weil es nicht schlimmer werden konnte.

Ich war immer noch allein. In einem Floß. Mitten auf dem Meer.

# SECHSUNDZWANZIG

Ich. Ich war auf mich gestellt. Von mir hing alles ab.

Ich konnte noch so viel hoffen, meine Mom würde nicht kommen, um mich zu holen. Nur ich konnte mir helfen. Und ich musste mich beruhigen, bevor ich komplett ausrastete.

Die Skittles kamen wieder hoch, und ich schluckte, damit sie unten blieben. Auf keinen Fall würde ich das einzig Essbare auskotzen, das da war.

*Zusammenreißen. Du musst dich zusammenreißen. Denk nach, Robie. Du schaffst das. Tu, was getan werden muss, damit du jetzt durchhältst. Tu, was getan werden muss.*

Ich überlegte, was zu tun war.

*Nur du kannst dir helfen. Aber du weißt eine Menge. Eine ganze Menge. Du wohnst auf einer Insel, die im Grunde auch nur ein größeres Floß ist, das sich nicht bewegt. Du hast so viele Informationen aufgeschnappt. Du weißt genug, um hier zu überleben, und du weißt, dass du es kannst.*

*Du, du ganz allein bist stark genug, um zu überleben.*

Ich nahm einen tiefen Atemzug, bei dem ich nur noch ein ganz kleines bisschen zitterte, und atmete wieder aus.

Ich würde es schaffen. Ich würde mich selbst retten. Ich würde das hier überstehen, so gut ich konnte.

Um gleich damit anzufangen, würde ich alles Notwendige tun, um nicht die Hoffnung zu verlieren.

Den Glauben, dass ich überleben würde.

Jemand packte meine Hand und ich schrie.

# SIEBENUNDZWANZIG

»Ich bin's.« Max ließ los und ich drehte mich zu ihm um.

»Du bist wieder da!« Beinahe hätte ich ihm gesagt, dass ich gedacht hatte, er wäre für immer verschwunden, aber dann fand ich die Bemerkung überflüssig. Vor allem, weil er schlimmer aussah als der Tod. Ich atmete erleichtert auf.

»Wie lange bin ich draußen gewesen?« Er hielt sich mit einer Hand den Kopf.

Das war leicht zu beantworten. »Ziemlich lange.«

Das Seil war weg. Seine Schwimmweste auch.

Er packte den Rand des Floßes und richtete sich auf. Er streckte eine Hand über den Rand. »Da ist wirklich ein Leck.«

Ich nickte, mein schlechtes Gewissen plagte mich. »Es tut mir so leid, dass ich dich ins Wasser gekippt habe. Ich dachte bloß ...«

»Du bist leichter. Zusammen würden wir untergehen.«

»Genau.« Ich war mir sicher gewesen, dass er sauer sein musste, weil er im Wasser war, und freute mich, dass er meine Entscheidung schlau fand. Ich freute mich, dass er wieder da war, ruhig und vernünftig, genau im richtigen Moment, kurz bevor ich den Verstand verlor.

Er sagte: »Wir müssen es flicken.«

Das war mir auch klar. »Aber wie?«

Er deutete auf den Coastal Commander. »Da sollte ein Reparaturset drin sein. Aber erst müssen wir das Floß leeren. Dann das Leck suchen.«

Ich wühlte in der Tasche und stieß auf ein kleines Päckchen, das ich bislang übersehen hatte. Darin fand ich eine kleine Tube mit Dichtmasse, ein paar Flicken aus demselben Gummi wie das Floß und einen Minizettel mit einer Anleitung. Ich las. Ich fand heraus, was ich tun musste.

»Das müssen wir festbinden«, sagte Max und deutete auf den Coastal Commander und den Becher. Dann zeigte er auf seine Gürteltasche. »Binde sie dir ans Handgelenk.«

Ich blieb einfach sitzen. Es war seine Tasche. Wenn etwas passierte, wenn wir, wovor uns der Himmel bewahren möge, irgendwie getrennt würden, war das seine Tasche. Er sollte sie behalten.

»Mach schon«, sagte er.

Ich befestigte den Coastal Commander und den Becher am Floß, nahm seine Tasche, steckte das Reparaturset hinein und wickelte das Gummiband um mein Handgelenk.

Ich wusste, was er als Nächstes sagen würde, aber mein Herz setzte trotzdem einen Moment aus, als ich die Worte hörte.

»Jetzt musst du aussteigen.«

Ich antwortete nicht.

»Ich bin bei dir. Ich passe auf, dass nichts passiert. Du musst aussteigen, damit wir das Floß umdrehen und reparieren können.«

Ich holte tief Luft, schob meinen Fuß über den Rand des Floßes und ließ mich langsam ins Wasser gleiten. Aber dann hängte ich mich mit den Ellenbogen am Rand ein und weigerte mich, weiterzurutschen. Mit meinem Gewicht an einer Seite kippte das Floß um und über mich.

Ich schrie, packte das Floß und stieß es hoch. »Nimm das weg! Nimm es weg!« Obwohl ich für den Moment mit dem Luftpolster zwischen mir und dem gekenterten Floß gut atmen konnte, war das Gefühl, mit den Beinen einfach im Wasser zu hängen und zu treten, mehr, als ich verkraften konnte. »Nimm es von mir weg!«, schrie ich. Ich hielt es nicht mehr aus und wartete nicht auf Max. Stattdessen stieß ich mit aller Kraft nach oben, um das Floß von mir zu schleudern.

Dabei rutschte die Gürteltasche von meinem Arm. Ich griff danach und erwischte sie von unten. Rote und grüne und blaurote und gelbe und orangefarbene Punkte rieselten um mich herum, einige prasselten auf mich.

Skittles.

»Nein!« Ich strampelte, es spritzte, als ich sie einzusammeln versuchte, aber sie waren überall und gingen unter. Wie hatte ich vergessen können, die Tasche zu schließen?

Panisch schöpfte ich Wasser und erwischte ein paar. Zwei gelbe, ein grünes und ein dunkelrotes. Ich steckte sie wieder in die Gürteltasche und suchte weiter.

Nichts.

Sie waren gesunken.

Ich hielt mich mit einer Hand am Floß fest, klatschte mit der anderen aufs Wasser und heulte, während ich mich einerseits für meine Nachlässigkeit verfluchte, wegen der wir jetzt alles Essbare verloren hatten, und andererseits einfach sauer auf mich war, weil ich sie nicht aufgegessen hatte, als ich noch die Gelegenheit dazu gehabt hatte.

Schniefend wischte ich mir die Nase, der plötzliche Schmerz machte mich fast wahnsinnig. Ich tastete noch einmal vorsichtig. Mein Piercing fühlte sich heiß an und tat höllisch weh. Spitze.

Max sagte nichts. Nichts wegen der Tasche und den Skittles. Stattdessen sprach er genau aus, was ich dachte, das Einzige, was noch so viel mehr zählte als die blöden Bonbons. »Hoffentlich ist das Reparaturset noch drin.«

# ACHTUNDZWANZIG

Schaudernd holte ich tief Luft, sah in der Gürteltasche nach und betete inständig, dass ich das Reparaturset nicht verloren hatte. Ich seufzte vor Erleichterung, als ich es fand.

Mir war klar, dass ich das Floß reparieren musste. Meine Hände zitterten, als ich meine aufkommende Panik niederzukämpfen und nicht daran zu denken versuchte, was unter mir im Wasser sein konnte. Alles konnte mir auflauern.

Mich angreifen. Mich fressen.

Ich hatte gelesen, dass die Opfer von Haien den tatsächlichen Biss oft gar nicht spürten. Sie merkten nur, dass sie angerempelt wurden. Erst wenn sie aus dem Wasser kamen, falls sie überlebten, sahen sie die Löcher in ihren Neoprenanzügen und die Bissspuren auf ihrer Haut.

Weil die meisten Haie nur einen Happen von Menschen fraßen und sich nicht viel aus dem Geschmack machten.

Die meisten Haie.

Tigerhaien war das egal. Sie fraßen alles.

Ich verzog das Gesicht und sah mich um. Der Ozean war eine blaue, glänzende Fläche, auf der sich die Sonne spiegelte.

Ich war mir gar nicht so sicher, dass ich das Leck finden würde. Ich hatte mir überlegt, wenn ich das Floß an einer Ecke anhob, mit dem Becher von oben Wasser daraufschütten und mich darunterbeugen würde, müsste ich sehen, wo es durchtropfte.

Ich zog mich an einer Seite auf das gekenterte Floß, sodass die andere Seite hochging. Ich füllte den Becher, schüttete das Wasser auf die Unterseite, glitt dann unter das Floß und beobachtete, ob es irgendwo durchtropfte. Das war verdammt anstrengend. Bei den ersten zehn Versuchen sah ich nichts. Und wollte die Hoffnung aufgeben. Dann sah ich es endlich tropfen. Ich füllte den Becher schnell wieder und zielte auf die gleiche Stelle. Und sah Wasser tropfen.

»Max! Ich hab's gefunden!«

Nachdem ich das nadelstichgroße Loch einmal entdeckt hatte, fand ich es so offensichtlich, dass ich mich fragte, wieso ich es die ganze Zeit übersehen hatte. Ich schlüpfte unter dem Floß hervor, kletterte ein Stück auf die Unterseite und fand das Leck. Vorsichtig drückte ich etwas von der Dichtmasse aus der Tube und klebte den Flicken darauf.

»Saubere Arbeit«, sagte Max.

Dann ließ ich mich wieder ins Wasser gleiten und strampelte, krampfhaft bemüht, ruhig zu bleiben.

Es gab ein Notfallventil und ich blies das Floß auf, so gut ich konnte.

Ich sehnte mich danach, wieder hineinzusteigen. Nass und zittrig, wie ich war, wollte ich aus dem Wasser. Aber Max ließ mich noch ein bisschen länger warten, um sicherzugehen, dass der Flicken auch gut trocknete.

»Das reicht«, sagte Max schließlich.

Ich musste das Floß wieder umdrehen, also hielt ich mich mit beiden Händen am Rand fest. »Eins ... zwei ... drei!« Ich stöhnte und stieß. Das Floß richtete sich auf und wollte gerade umkippen, als es von einem Windstoß erfasst wurde, sodass es wie eine Münze auf dem Boden von mir wegrollte.

»Neeeeeeeeeeeeeeeeiiiiiiin!«

Wir sahen hilflos zu, bis es endlich kippte, mit der richtigen Seite nach oben, und knapp fünfzig Meter entfernt von uns trieb.

Max fehlte die Kraft.

Ich würde hinschwimmen müssen.

# NEUNUNDZWANZIG

Auf dem Bauch mit den Armen rudernd und den Füßen tretend, schwamm ich los. Aber das mochte ich nicht, weil ich Wasser ins Gesicht bekam und die Gürteltasche an meinem Arm hinderlich war. Also drehte ich mich auf den Rücken.

Ich war schon als Kind auf dem Rücken ganz gut klargekommen.

Ich atmete aus. So war es besser. Viel besser. Ich fühlte mich nicht mehr ganz so schlapp.

Andererseits sah ich jetzt nicht mehr, wohin ich schwamm. Das konnte ich nur raten. Ich ruderte mit den Armen, trat mit den Füßen und zählte dabei bis zehn. Dann hielt ich an, drehte mich um und sah nach dem Floß.

Nachdem ich das ein paarmal gemacht hatte, erkannte ich, dass ich dem Floß überhaupt nicht näher gekommen war. Es war vielleicht sogar weiter weg. Also paddelte ich wie ein Hund und kam damit anscheinend noch langsamer voran als auf dem Rücken.

Max war dicht hinter mir und rief: »Du musst auf dem Bauch schwimmen. Du musst das Floß im Auge behalten, gleichmäßig atmen und dann los!«

Ich wollte nicht.

Dann stellte er mir genau die Frage, auf die ich auch schon gekommen war: »Willst du etwa hier draußen bleiben, ohne Floß?«

*Nein.*

Ich löste die Gürteltasche von meinem Handgelenk und legte mir das Gummiband um den Hals, mit der Tasche auf dem Rücken. Es war ziemlich eng, würgte mich fast, aber so würde es wenigstens nicht rutschen, wenn ich schwamm.

Ich drehte mich wieder auf den Bauch, holte tief Luft, tauchte mit dem Kopf ins Wasser und kraulte ziemlich mühselig so schnell und so weit ich konnte, bis ich wieder einatmen musste. Dann legte ich eine Pause ein, ließ mich treiben, bis ich fast Panik bekam, und schwamm weiter.

Ich schwor, falls, nein, wenn ich hier rauskam, würde ich richtig schwimmen lernen. Wie idiotisch, dass ich nicht richtig schwimmen konnte. *Jeder* hatte schwimmen gelernt. Ich auch, aber eben nicht besonders gut.

Ich pausierte wieder, ließ mich treiben. War ich dem Floß näher gekommen?

Nein. Da niemand drin saß, trieb das Floß weiter, viel schneller, als ich schwamm. Wenn ich mich nicht beeilte, würde ich es sehr bald nicht mehr einholen können.

Ich rückte die Gürteltasche zurecht, holte Luft und tauchte mein Gesicht ins Wasser.

Meine Arme und Beine waren kräftig, diese Technik beherrschte ich. Aber das gleichmäßige Atmen, den Rhythmus hatte ich nie hingekriegt. Ich hatte es wieder und wieder versucht, in zahllosen Schwimmstunden.

Ich hielt wieder an und trat Wasser, inzwischen zu erschöpft, um wegen meiner schutzlosen Gliedmaßen panisch zu werden.

Mein Atem ging stoßweise und keuchend, meine Arme und Beine taten höllisch weh. Das Floß war etwa zwanzig Meter entfernt, ich hatte also aufgeholt.

Aber ich durfte nicht nachlassen.

Ich musste das Floß einholen. Ich musste es schaffen. Ich musste.

*Musste.*

Ich schnappte nach Luft und schwamm, mit aller Kraft kraulte ich mit den Armen und strampelte mit den Beinen, bis ich fürchtete, dass sie abfallen würden. Die Luft wurde knapp, es war Zeit, aufzutauchen. Ich reckte den Kopf, versuchte, so weiterzuschwimmen, aber das ging nicht. Trotzdem ruderte und strampelte ich irgendwie weiter, holte Luft und tauchte mit dem Kopf wieder unter.

*Du schaffst es schaffst es schaffst es.*

Meine Lungen drohten zu platzen, aber ich ließ nicht nach – obwohl meine Arme und Beine brannten –, bis es nicht mehr ging. Ich hoffte, dass das Floß da war, hoffte, dass es in Reichweite war. Weil ich nicht mehr weiterschwimmen konnte.

Ich war am Ende.

Ich hielt inne, hob den Kopf, um himmlische Luft einzuatmen. Ich hoffte, dass das Floß da war, wo es sein musste. *War es da?*

Ich schlug die Augen auf, um nachzusehen.

# DREISSIG

Das Floß war da, nur ein paar Meter entfernt. Auf dem Rücken strampelte ich weiter, bis ich mit dem Kopf dagegenstieß. Ich drehte mich um und hielt mich am Rand fest, um zu verschnaufen. Ich löste die Gürteltasche von meinem Hals und ließ sie ins Floß fallen. Dann versuchte ich, mich hochzuziehen, aber meine Arme waren zu müde.

Also versuchte ich, ein Bein hinaufzuschwingen.

Ohne Erfolg.

Auf keinen Fall würde ich im Wasser bleiben.

Ich hob meine Ellenbogen auf das Floß und stemmte mich hoch, bis mein Kinn oben war. Dann hob ich ächzend ein Bein auf den Rand. Ich war noch nicht am Ziel, wollte aber den Fortschritt, den ich gemacht hatte, auch nicht wieder verlieren, also blieb ich eine Weile keuchend so liegen, um wieder zu Kräften zu kommen.

Am Ende zog ich mich mit einem letzten Schwung hoch und über die Seitenwand, rutschte mit dem Gesicht zuerst ins Floß und blieb einfach liegen, völlig erschöpft. Dann erinnerte ich mich an das eigentliche Ziel meiner Anstrengungen. Das Leck.

War es irgendwo nass?

Mehr Wasser, als ins Floß gespritzt war, während es über die Wellen gerollt war, hatte sich anscheinend nicht darin gesammelt. Soweit ich das beurteilen konnte, gab es kein Leck. Erst jetzt merkte ich, dass ich die Luft angehalten hatte, und atmete aus.

»Ein Problem gelöst.«

Ich setzte mich auf. Max hatte es schließlich auch irgendwie ins Floß geschafft und saß mir gegenüber, wo er den Kopf zurückgelegt und die Augen geschlossen hatte.

Ich hoffte, dass ich den Flicken gut genug aufgeklebt hatte, damit es uns beide aushielt.

Völlig erledigt rollte ich mich auf den Rücken und blickte zum Himmel auf. Nirgendwo war eine Wolke zu sehen. Kein Regen hieß kein Trinkwasser. Meine Kehle war so trocken. Und dann erinnerte ich mich an meine Nase. Ich zuckte zusammen, als ich den Diamantenstecker mit den Fingerspitzen berührte, drehte vorsichtig und hätte dabei fast das Bewusstsein verloren. Das Wasser schoss mir in die Augen. Ich presste sie fest zusammen und versuchte stöhnend, still liegen zu bleiben und den Schmerz mit Willenskraft wegzudenken. Ich atmete tief, was mir meine Mom geraten hatte, als ich mir mit acht Jahren den Arm gebrochen hatte.

Ich hatte das Piercing zum letzten Mal mit Alkohol betupft, bevor ich AJs Wohnung verlassen hatte. Vermutlich vor fast achtundvierzig Stunden. Konnte es bereits infiziert sein?

Max beachtete mich nicht und saß immer noch mit geschlossenen Augen da.

Ich füllte den gelben Becher mit Salzwasser, hielt den Atem an und steckte meine Nase hinein. Der Schmerz war unbeschreiblich. Aber dann schien das Salzwasser irgendwie zu helfen. Der Irokesen-Typ hatte mir zwar gesagt, dass ich mich vom Meer fernhalten sollte, aber meine Mom ließ mich immer mit Salzwasser gurgeln, wenn ich Halsschmerzen hatte, also musste es auch eine heilende Wirkung haben. Ich holte wieder tief Luft und tunkte meine Nase noch ein paarmal hinein.

Wochen schienen vergangen, seit ich mir das Nasenpiercing zugelegt hatte. Wie lange war es wirklich her? Zwei oder drei Tage?

Ich seufzte.

Ich war ein anderer Mensch gewesen, der nur über so idiotische Sachen nachdachte wie Diamanten in der Nase, und mit Vorliebe Dinge tat, die meine Eltern nicht wollten, einfach weil sich die Gelegenheit dazu ergab.

*Meine Eltern.*

Ich wollte bei ihnen sein, auch wenn sie mir nicht alles erlaubten, wozu ich Lust hatte. Es war mir egal. Es würde mir für immer egal sein, wenn ich nur wieder bei ihnen sein durfte.

Meine Muskeln taten immer noch höllisch weh. Ich lehnte den Kopf an die weiche Seitenwand des Floßes, um mich ein bisschen auszuruhen, und schloss die Augen. »Ich ruh mich bloß ein bisschen aus, Max, einverstanden?«

Als ich aufwachte, stand die Sonne noch hoch am Himmel. Mein Gesicht brannte und mein Kopf hämmerte vor Schmerzen. Ich verging fast vor Durst.

Ich kniff mir in den Handrücken und ließ wieder los. Die Haut blieb eine Weile so, eine kleine Beule, dann wurde sie langsam wieder glatt.

*Schlecht.*

Normalerweise strafft sich die Haut sofort wieder, wenn man sie vom Handrücken abzieht und loslässt. Aber wenn man austrocknet, dann bleibt sie so und braucht länger, um sich wieder zu straffen.

Ich kniff Max in den Handrücken. Ich musste mich abwenden, als ich sah, dass sich seine Haut noch langsamer straffte als meine. Sehr viel langsamer.

Obwohl das bei ihm vielleicht immer so war. Woher sollte ich das wissen?

Ich saß mit einer Person in einem Rettungsfloß fest, die ich kaum kannte. Ich fragte mich, ob es leichter gewesen wäre, wenn ich jemanden bei mir gehabt hätte, den ich kannte. Aber es gab etliche Erwachsene, die ich zwar kannte, aber ganz bestimmt nicht bei mir im Floß haben wollte.

Über Erwachsene hatte ich meine eigenen Theorien. Insgeheim teilte ich sie im Großen und Ganzen in zwei Gruppen ein. Die einen nenne ich die »Schwätzer«, weil sie glauben, man würde alles über sie wissen wollen. Selbst wenn sie dich etwas fragen, wie zum Beispiel: »Was machst du am liebsten?«, schaffen sie die Kehrtwendung und reden über sich.

Die anderen sind die »Sauger«, die Fragen über Fragen über Fragen stellen und jeden Fetzen deiner Lebensgeschichte aus dir heraussaugen.

Natürlich gibt es auch Erwachsene, die genauso viel fragen, wie sie erzählen.

»Max, wo kommst du her?« Ich wartete einen Moment, aber er antwortete nicht.

Und dann sind da Leute wie Max. Ich steckte ihn zu der Gruppe, die nichts rauslassen. Ich wusste, dass er verletzt war und vielleicht auch krank, aber trotzdem …

Schüchtern wirkte Max nicht. Anscheinend war es ihm egal, warum ich ohne meine Eltern, die auf Midway lebten, mitgeflogen war, und alles andere auch.

Vielleicht war ich ungerecht, denn schließlich hatte er mir das Leben gerettet. Aber ich saß mit ihm im Floß fest. Und allmählich wurde ich den Gedanken nicht los, dass er die letzte Person sein konnte, mit der ich überhaupt sprach.

Das eine oder andere konnte ich mir selbst zusammenreimen. Er war Pilot. Er war offensichtlich neu bei der G-1 und hatte seinen Flugschein wahrscheinlich erst vor ein paar Jahren gemacht. Und dafür musste er eine Fliegerschule besucht haben, also war er nicht dumm. Piloten mussten gut sein in Mathe und Physik und noch ein paar Fächern.

Wahrscheinlich hatte er eine Freundin. Keinen Ring, also war er nicht verheiratet. Andererseits konnte er ihn verloren haben oder einfach nicht tragen. Vielleicht war er auch geschieden. Allzu viel ließ sich eigentlich nicht sagen. Was mich wieder zu dem silbernen Daumenabdruck brachte. Er musste zu einem Mädchen gehören. Einer Frau, die Max so viel bedeutete, dass er ihren Daumenabdruck um den Hals trug.

Meine Augen wanderten zu der Gürteltasche und dem Spiralbuch mit den handgeschriebenen Notizen. Ein Tagebuch? Auf mich wirkte Max nicht wie ein Typ, der Tagebuch schrieb.

Als ich gerade ernsthaft in Erwägung zog, in seine Privatsphäre einzudringen, bewegte er sich. »Das ist meins«, sagte er.

»Ich weiß, tut mir leid.« Geben wollte ich ihm die Tasche nicht. Wenn er nicht gesehen hatte, wie ich im Wasser wegen der Skittles ausgeflippt war, würde er merken, dass sie weg waren, sobald er in die Tasche sah, und dann würde er wissen, was ich getan hatte. Also legte ich sie wieder in die Ecke des Floßes.

»Es ist mein Tagebuch.«

»Ich hab's nicht gelesen.« Das stimmte, deshalb musste ich mich nicht schuldig fühlen.

»Was willst du wissen?«

Würde er sich öffnen und tatsächlich von sich erzählen? Ich zuckte mit den Schultern. »Ich bin zwar nicht neugierig, aber … also, wir sitzen hier fest, zusammen, und das ist verrückt. Ich weiß eigentlich nichts über dich. Wo du herkommst, zum Beispiel.«

Er zuckte mit den Schultern. »Ich erzähle nicht gern, wo ich herkomme. Die Leute geben dir ein Gefühl, als wärst du blöd, wenn du aus einer Gegend kommst, von der sie noch nie gehört haben. Als ob man besser wäre als andere, wenn man aus einer Stadt kommt, die jeder kennt.«

Ich nickte. »Das passiert mir auch manchmal. Niemand ist je da gewesen, wo ich herkomme.«

»Ich bin auf einer Ranch in der High Desert im Osten Oregons aufgewachsen, mitten im verfluchten Nirgendwo. Bis zum nächsten Supermarkt musste man zwei Stunden fahren.«

Ich verdrehte die Augen. »Ein Punkt für mich. Auf Midway müssen wir auf den nächsten Flieger warten, wenn wir zum Supermarkt wollen.«

»Unsere Stadt war akzeptabel. Nicht viel los, natürlich. Ein McDonald's. Ein Laden für Landwirtschaftsbedarf. Ein Subway. Eine Apotheke. Und ein altes Kino. Aber die Leinwand war fleckig und der Sound miserabel.«

Ich lächelte. »Wir haben auf Midway auch ein altes Kino.« Ich zog die Nase kraus. »Es riecht modrig. Es gibt einen aufgemotzten DVD-Player, damit wir Filme auf der großen Leinwand sehen können. Ich hab mal allein dagesessen und mir einen alten Film über den Zweiten Weltkrieg angesehen. Plötzlich kam es mir so vor, als wäre das Kino voll, voller Leute. Ich hab mich umgesehen, aber außer mir war immer noch niemand da.«

Max fuhr fort. »Meine Schule hat auf Sport ziemlich viel Wert gelegt, aber ich nicht, und deshalb bin ich zu den Ringern gegangen. Obwohl ich eigentlich eher sechzig Kilo wog, habe ich in der Klasse bis fünfundfünfzig mitgemacht, weil die von der Zwölften alle anderen Plätze belegt hatten.« Er hielt inne. »In dem Jahr hatte ich ständig Hunger. War am Verhungern.«

Mein Magen knurrte. Ich wusste, wie er sich gefühlt hatte.

»Wenn ich abends nach Hause kam, gab's zum Abendessen eine Banane und fünfzig Liegestütze.«

Ich schüttelte den Kopf. »Das hört sich barbarisch an.« Dabei war der Gedanke an eine Banane geradezu himmlisch.

»Dass ich nicht einmal Wasser trinken durfte, soviel ich wollte, war eher noch schlimmer.«

Meine Kehle fühlte sich so trocken an, dass ich ihm nur zustimmen konnte.

»Aber am allerschlimmsten war Weihnachten. Ich durfte kein einziges von den Plätzchen meiner Mutter essen. Bei ihr gab es Buttertoffees, Makronen, Karamellbretzeln, gefüllte Plätzchen mit Snickers-Stückchen oder Rolo. Spritzgebäck. Aber am liebsten mochte ich die glasierten Zuckergebäck-Schneemänner.«

Ich leckte mir die aufgesprungenen Lippen. Ich wollte so einen Schneemann. *Unbedingt.*

Er erzählte weiter. »Eines Nachts, vor einem Turnier, schlich ich mich runter in die Küche, als alle schliefen. Ich hatte mir eingeredet, dass ich mir bloß ein Glas Wasser holen würde. Aber dann dachte ich: Nur ein einziges. Ein Spritzgebäck. Einhundertfünfzig Kalorien. Die konnte ich in einer halben Stunde abrennen. Und das schmeckte so gut, dass ich noch eins aß. Von den blauen Diamanten. Noch eins, ein grünes Kreuz … dann den Schneemann … die Zimtplätzchen.« Er hielt einen Moment inne. »Erdnussbutterkekse mit einem Schokokuss in der Mitte.«

»Die backe ich mit meiner Mom.« Ein paar Tränen rollten über mein Gesicht.

»Wie viele Kalorien? Zehntausend? Und ich durfte in acht Stunden nicht mehr als fünfundfünfzig Kilo wiegen. Ich fing an zu schwitzen, vielleicht vom Zucker … oder aus Panik. Es gab nur eine einzige Lösung für mich: Ich ging zur Hintertür und stieg in meine Schnürstiefel, ohne sie zuzubinden. Zog eine Jacke über und schlurfte nach draußen zur nächsten Schneewehe. Es schneite und die Flocken funkelten im Mondlicht. Ich blieb einen Moment staunend stehen. Dann steckte ich mir den Finger in den Hals.«

Ich wusste nicht, was ich sagen sollte, also sagte ich nichts.

»Es war dumm gewesen, so viele Plätzchen zu essen. Aber ich war so hungrig gewesen.«

Ich kannte das Gefühl.

# EINUNDDREISSIG

Max sagte nichts mehr, er hatte die Augen wieder geschlossen.

Wie seltsam, so viel auf einmal über ihn zu erfahren. Allerdings wusste ich immer noch nicht, zu wem der Daumenabdruck gehörte. Ich wollte ihn fragen, wurde aber das Gefühl nicht los, dass es mich nichts anging. Ich würde nur erfahren, was er mir von sich aus sagen wollte, und das musste mir reichen.

Für's Erste.

Wieder einmal hing die Sonne tief am Himmel. Unser zweiter Tag auf See war fast vorüber. Wenn mich vorher jemand gefragt hätte, wie viele Tage ich wohl in einem Floß auf dem Meer überleben könnte, hätte ich mir keinen einzigen zugetraut. Mein Leben hatte mich auf so etwas nicht vorbereitet. Auf meinem Lehrplan für zu Hause stand »Überleben auf dem Meer« jedenfalls nicht.

Trotzdem hatte ich inzwischen beinahe achtundvierzig Stunden durchgehalten. Und dabei fühlte ich …

Nichts.

Nein, das stimmte nicht. Ich fühlte mich irgendwie.

Taub. Benebelt. Benommen.

Dumpf.

Als wäre das alles nicht wirklich. Nur der Hunger, der meinen Bauch quälte.

Ich hatte noch nie so lange auf Essen oder Wasser verzichtet. Ab und zu war ich ohne Mittagessen ausgekommen, aber ein ausgefallenes Mittagessen ist etwas ganz anderes als die Ungewissheit, ob man jemals wieder etwas zu essen bekommt.

Ich war am Verdursten und hatte wahnsinnigen Hunger, vor allem, nachdem ich von den Plätzchen gehört hatte. Meine Nase pochte. Ich versuchte gar nicht erst, sie zu berühren. Wenn ich nur daran dachte, glaubte ich den Schmerz sofort zu spüren, der mir wie Feuer in den Kopf geschossen war.

Ich griff nach der Gürteltasche und grub die letzten Skittles aus, die ich gerettet hatte. Die Farben waren ausgelaufen, und einige sahen fast weiß aus, während andere ein hässliches, rostiges Braun angenommen hatten.

*WICHTIG! Nicht essen, wenn kein Wasser greifbar ist.*

Ich ignorierte die kluge Überlebensstrategie, stopfte mir die Bonbons in den Mund, kaute und versuchte, nicht an Max zu denken, der fuchsteufelswild werden musste.

Aber Max schien mit seinen Gedanken meilenweit von Skittles entfernt. Er war ganz still, das Sprechen musste ihn so angestrengt haben, dass er das Bewusstsein verloren hatte.

Die Sterne zeigten sich am dunklen Himmel. Der Mond ging auf, wieder nur eine Sichel, aber genug Licht, damit ich sehen konnte. Wenn ich nicht so hungrig und durstig gewesen wäre und, na ja, in einem Floß hocken würde, hätte ich die Nacht vermutlich wunderschön gefunden.

Vielleicht blickten meine Eltern auch gerade zum Himmel auf. Sorgten sich um mich. AJ hatte bestimmt herausgefunden, dass ich nicht bei ihr zu Hause war. Sie musste meine Eltern angerufen haben. Aber würden sie nicht denken, dass ich einfach irgendwo auf Hawaii war?

Etwas nagte an mir.

Die Leitungen waren tot gewesen.

Was, wenn das immer noch so war? Fragte sich irgendjemand auf Midway, warum das Flugzeug nicht angekommen war? Meine Eltern konnten nicht wissen, dass ich darin gesessen hatte. Sie würden glauben, dass ich noch in Honolulu war.

Ich seufzte.

Also … nicht. Wenn meine Eltern zum Himmel aufblickten, dann ohne sich Sorgen wegen mir zu machen. Sie hatten keinen Grund dazu. Es sei denn, das Telefon funktionierte wieder und sie hatten versucht anzurufen.

Ich starrte zum Mond und den Sternen hoch und erkannte ein paar Sternbilder. Den Großen Wagen. Den Kleinen Wagen. Kassiopeia.

Ich dachte an die alten Polynesier, die mithilfe der Sterne navigiert hatten.

Ich setzte mich auf und sah nach dem Mond. Er ging im Osten auf.

Ich erkannte, dass ich keine Ahnung hatte, wo welche Himmelsrichtung war. Ich hatte die Sonne untergehen sehen und wusste, dass dort Westen war, aber das Floß bewegte sich permanent und ich konnte mich nicht orientieren. Es hörte sich so einfach an, nach Sonne und Mond zu navigieren, aber es war total verwirrend.

War ich überhaupt in der Nähe der Nordwestlichen Hawaii-Inseln? Ich wusste, dass es zwischen Midway und anderen Kontinenten nicht viel gab außer dem Johnston-Atoll, Palmyra und Wake Island. Meine Chancen, eine von ihnen ohne Essen und Wasser zu erreichen, waren ziemlich mies.

Aber wenn wir nördlich der Nordwestlichen Hawaii-Inseln abgestürzt waren, dann gab es da etliche Inseln. Wenigstens viel mehr mögliche Inseln.

Laysan.

Das Pearl-und-Hermes-Atoll.

Die French Frigate Shoals.

Lisianski.

Vielleicht standen meine Chancen gar nicht schlecht, eine von ihnen zu erreichen. Und je nach dem, wo die G-1 abgestürzt war und in welche Richtung das Floß seitdem getrieben war, könnte ich sogar ganz in ihrer Nähe sein.

Ich lehnte mich zurück, schloss die Augen und schwor, am Morgen darauf zu achten, wo die Sonne aufging, und zu versuchen, das Floß in die Richtung zu lenken, wo ich Rettung vermutete. Oder wenn schon keine Rettung, dann wenigstens Wasser.

*Wasser wäre gut.*

Ich schluckte, und mein Schlucken, trocken, wie es war, blieb auf halber Strecke hängen.

Wann hatte ich zuletzt gepinkelt?

Meine Augen wurden feucht und eine Träne glitt mir über die Wange.

Wasser wäre so gut.

# ZWEIUNDDREISSIG

An Tag drei beobachtete ich den Sonnenaufgang. Wobei mir allmählich Zweifel kamen, dass es der dritte Tag war.

»Welcher Tag ist heute, Max?«

Sein Kinn lag auf seiner Brust und seine Augen waren geschlossen. Er antwortete nicht.

Da die Sonne im Osten aufging, drehte ich mich in die entgegengesetzte Richtung und merkte mir einen Punkt am Horizont, den ich ansteuern wollte. Das Floß bewegte sich zwar, aber ohne messbaren Erfolg. Ich konnte die Arme nicht zu beiden Seiten aus dem Floß strecken, also musste ich beim Paddeln von einer Seite auf die andere wechseln, wenn ich mich nicht im Kreis drehen wollte.

Außerdem war ich binnen Minuten außer Atem. Da ich kein richtiges Paddel hatte, war es zu anstrengend. Davon abgesehen war ich schwächer als sonst und schon unter normalen Umständen nicht gerade athletisch.

Glücklicherweise trieb das Floß anscheinend sowieso in die Richtung, in die ich wollte, deshalb lehnte ich mich zurück und hoffte, dass wir mit der Meeresströmung irgendwo ankommen würden, bevor wir verhungert oder verdurstet waren. Ich hielt meinen Hoodie in den Wind, weil ich dachte, er könnte als Pseudosegel dienen, aber er war nicht groß genug, um viel auszurichten. Und meine Arme waren zu müde, um über längere Zeit etwas hochzuhalten.

Fünfzig Meter entfernt tauchte ein Klumpen auf. Ich paddelte wieder und versuchte, den Klumpen anzusteuern. Als ich näher kam, sah ich, dass es bloß ein Bündel Meeresabfall war. Die Strände von Midway waren voll davon. Jeden Sonntag ging ich mit meinen Eltern an den Strand, um ihn für Meeresschildkröten und Robben sauber zu halten, aber das war eine verlorene Schlacht. Es gab so viel Müll, der beständig angetrieben wurde, dass wir fast nichts erreichten.

Für mich war es zur Schatzsuche geworden. Auf Midway wollen die Leute Glaskugeln finden, da kann man fragen, wen man will. Glaskugeln waren eigentlich alte japanische Fischerbojen. Früher waren sie mundgeblasen, aber dann wurden sie maschinell hergestellt und irgendwann gab es sie gar nicht mehr aus Glas, sondern aus Plastik. Die Geschäfte in Honolulu verkauften sie sündhaft teuer, und es machte Spaß, etwas zu finden, wofür Touristen viel Geld bezahlten.

Die Kugeln waren aus sehr massivem Glas, und ich habe selten eine zerbrochene gesehen, obwohl sie viele Jahre im Meer umhergetrieben waren. Es gab kleine, die nicht größer als ein Baseball waren, aber auch riesige, so groß wie ein Basketball. Ich hatte einige mit den Ausmaßen von Softbällen auf einem Regal. Ich hielt immer nach ihnen Ausschau, wenn wir die Strände säuberten. Angeblich brachten sie Glück.

Während ich mich dem Müllbündel näherte, achtete ich natürlich auf funkelndes Glas. Wir konnten ein bisschen Glück gebrauchen.

Ich roch toten Fisch und brackiges Wasser, bevor ich nah genug war, um zu sehen, was da trieb. Ich bedeckte meine Nase und beugte mich vor, um nachzusehen. Es war ein Fischernetz, in dem sich altes Zeug angesammelt hatte. Eine leere Ketchupflasche, eine Sodadose, beides japanisch beschriftet. Soweit ich wusste, warfen die meisten Schiffe im Pazifik ihren Müll einfach über Bord. Kein Wunder, dass die Meere gefährdet waren.

Eine abgewetzte Zahnbürste hatte sich im Fischernetz verfangen. Meine Zähne fühlten sich pelzig an und ich kam tatsächlich in Versuchung ... für ungefähr eine halbe Sekunde.

Etwas Rotes weckte meine Aufmerksamkeit. Ohne nachzudenken griff ich danach.

Ich lachte kurz auf.

Ein dicker, rot-weißer Weihnachtsmann aus Plastik mit ausgebreiteten Armen und nur einem stämmigen, kurzen Bein. Er war zur Hälfte mit Seepocken bedeckt und hatte kaum noch Farbe, aber sein freundliches Lächeln war noch da. Zusammen mit seinen lustigen Augen.

»Vielleicht bringst du mir Glück.«

Ich hielt ihn an meine Brust und grinste zum Himmel auf, wo eine dicke weiße Wolke über das ungebrochene Blau zog. Nach ihr ließ sich aber keine mehr blicken, um die sengende Sonne zu reduzieren, während der Morgen dahinschlich.

Ich hätte gern geweint.

Hunger, Durst, Schmerzen von dem infizierten Piercing in meiner Nase. Dazu meine Lippen. Sie waren so trocken, dass ich Angst hatte, sie zu bewegen. Einmal vergaß ich es und fuhr mit der Zunge darüber. Meine Hände ballten sich zu Fäusten, bis das Brennen nachließ. Ich schärfte mir ein, nie wieder über meine Lippen zu lecken.

Ich dachte an *The Hunger Games,* wo die Hauptdarstellerin schon aufgeben will, als ein kleiner silberner Fallschirm mit genau dem Gegenstand herabgeschwebt kommt, den sie gerade braucht.

Hätte ich in dem Moment einen kleinen silbernen Fallschirm bekommen können, dann hätte ich mir Lippenbalsam gewünscht. Na, das wäre idiotisch gewesen. Ich brauchte Essen. Vielleicht lieber Müsliriegel. Nein, ich durfte nicht essen, wenn ich kein Wasser hatte. Also würde ich mir wünschen, dass der kleine silberne Fallschirm Wasser brachte. Einen Eimer Wasser. Nein, den würde ich sofort verbrauchen. Ich würde mir ein Wasserreinigungsteil wünschen, mit dem ich Trinkwasser aus Salzwasser gewinnen konnte.

Ob ich irgendwas davon bekam? Nein. Es kamen keine silbernen Fallschirme angeschwebt.

Ich seufzte.

Etwas Ablenkung wäre in meiner Lage wirklich willkommen.

Wieder einmal griff ich nach der Gürteltasche. Die Karte mit den Überlebenstipps lag immer noch zerknittert am Boden der Tasche und ich zog sie heraus und glättete sie. »So, ihr Deppen von der Rettungsgesellschaft, ich gebe euch noch eine Chance, mir beim Überleben zu helfen.« Meine Stimme war rau. Vielleicht sollte ich *nicht sprechen* mit auf die Liste der Dinge setzen, die ich in Zukunft besser bleiben ließ. Andererseits war es irgendwie tröstlich, meine eigene Stimme zu hören. Sie gefiel mir.

Ich überflog die fünf Anweisungen zum Überleben.

»Schlafen und Ausruhen ist die beste Möglichkeit, vorübergehend mit wenig Nahrung und Wasser auszukommen.« Ich reckte meinen Daumen nach oben. Da ich nicht viel getan hatte, außer zu schlafen und mich auszuruhen, hatte ich das jedenfalls richtig gemacht.

Ich überflog den Absatz über Trinkwasser, den ich schon gelesen hatte, und entdeckte eine winzige Zeile unter dem Satz über die Persenning, die ich beim letzten Mal übersehen hatte.

»Mit einem Schwamm lässt sich Tau vom Floß auffangen.«

*Tau?*

»Ist das euer Ernst?« Ich fuhr mit der Hand über den Rand des Floßes, der bereits knochentrocken war von der Sonne. Stöhnend nahm ich den Schwamm aus dem Coastal Commander und klatschte ihn mir ein paarmal an die Stirn.

Ich hätte jeden Morgen Feuchtigkeit bekommen können, wenn der Tau da war.

*Morgen werde ich bereit sein.*

Ich steckte den Schwamm weg und las den nächsten Absatz mit der Überschrift »Nahrung«.

»Essen Sie alle Vögel, die Sie fangen.«

Na klar. Das würde ich ganz sicher tun, sobald ich einen gefangen hatte.

»Fisch ist die Hauptnahrungsquelle auf dem Meer. Benutzen Sie Ihr Fischfanggerät zum Angeln.«

»Macht ihr Witze?« Na, dann her mit der Angel und los geht's.

Ich widerstand der Versuchung, die Karte ins Meer zu schmeißen, und las weiter.

»Angelschnur und Haken lassen sich aus verschiedenen Materialien improvisieren.«

»Ich muss doch sehr bitten.« Wo sollte ich diese Materialien finden? Ich legte die Karte beiseite und rückte den Hoodie unter meinem Hintern zurecht, der vom Sitzen wund war. Und bemerkte dabei die Schnur an der Kapuze. Ich zog daran, bis sie draußen war. Ich hielt sie hoch. *Angelschnur?* Vielleicht.

Aber was war mit dem Haken?

Ich tastete nach den silbernen Kreolen in meinen Ohren. Nicht fest genug.

Was gab es sonst noch?

Mein Blick fiel auf die Gürteltasche. Der Spiralblock?

Ich sah zu Max hinüber.

Ich nahm das Notizbuch heraus und drehte an dem Metallende, bis es oben herauskam. Ich drehte so lange, bis mehrere Zentimeter herausragten, die ich so lange vor und zurückknickte, bis ein etwa fünf Zentimeter langes Stück Metall abbrach. Ich hielt es hoch und bog ein Ende zu einem Haken um. Das andere Ende wickelte ich um das Band aus meiner Kapuze.

Lächelnd betrachtete ich meinen Haken an der Schnur. »Wer ist hier erfindungsreich? Ich. Absolut.«

Entschlossen und hungrig las ich weiter, was mir die Rettungsexperten über das Angeln sagen konnten.

»Halten Sie die Angelschnur nicht mit bloßen Händen fest und binden Sie sie nicht um Ihr Handgelenk. Wenn Salz daran hängen bleibt, wird sie scharfkantig, und Sie könnten Ihre Hände oder das Floß damit verletzen.«

Ich musterte die Schnur aus meiner Kapuze und konnte mir nicht vorstellen, wie sie jemals so scharfkantig werden sollte, dass sie irgendetwas zerschnitt. Ich beschloss, diesen Aspekt zu ignorieren.

»Tragen Sie Handschuhe, um sich nicht an scharfen Rückenflossen zu verletzen.«

Keine Handschuhe. Aber wenn es sein musste, würde ich mir einfach mein Sweatshirt um die Hände wickeln. Ich grinste die Karte an. »Seht ihr? Ihr wollt mir ständig Steine in den Weg legen. Aber ich habe euch durchschaut. Ich schaffe das.«

»In warmen Gegenden müssen Sie den Fisch sofort ausnehmen, wenn Sie ihn gefangen haben.«

Wie sollte ich das bewerkstelligen? Selbst wenn ich ein Messer hätte …

»Fisch, den Sie nicht sofort verzehren, müssen Sie in dünne, schmale Streifen schneiden und zum Trocknen aufhängen. Gut getrockneter Fisch bleibt einige Tage essbar. Ungetrocknet kann er bereits nach einem halben Tag verderben, vor allem Fisch mit dunklem Fleisch. Essen Sie keine Reste. Verwenden Sie Reste als Köder.«

*Köder.* Meine Schultern sackten nach unten. Ich hatte keinen und würde mir auch nichts beschaffen können. Ich schleuderte die Karte beiseite. So viel dazu.

Mein Fischfang war beendet, bevor ich auch nur damit begonnen hatte.

# DREIUNDDREISSIG

Aus dem Morgen wurde Mittag und dann Nachmittag. Ich hockte zusammengekauert im Floß und versuchte zu schlafen. Aber der Schlaf wollte nicht kommen, also legte ich eine Hand schützend über meine Augen und blickte zum Himmel auf. Eine fette, träge Wolke schwebte über mir. Bald kam eine zweite dazu. Dann gesellten sich zahlreiche andere hinzu, der Pulk verwandelte sich von Weiß in Grau.

Am Anfang ärgerte ich mich, weil sie die Sonne verdeckten und ich nicht mehr genau sagen konnte, in welche Richtung wir uns bewegten. Dann, als ein Tropfen auf meine Stirn fiel, noch einer und der Regen einsetzte, lächelte ich. Und als es in Strömen zu regnen begann, schrie ich mit meiner heiseren Stimme und hielt meinen offenen Mund in den Himmel, fing Wasser auf und schluckte.

Max schlief immer noch, aber im Floß sammelte sich Regenwasser, also dachte ich mir, dass ich etwas für ihn schöpfen konnte, wenn er so weit war.

Und dann würgte ich und kotzte alles wieder aus, was ich getrunken hatte.

Ich betete, dass es nicht aufhören würde zu regnen, wenigstens nicht, bevor ich zum zweiten Mal so viel getrunken hatte, wie ich wollte. Etwas vorsichtiger ließ ich den Mund lange offen und schluckte, bis sich mein Bauch gefüllt anfühlte und meine Kehle nicht mehr trocken war. Meine Kopfschmerzen waren weg und ich kniff mir in den Handrücken, freute mich, als die Haut schnell wieder zurücksprang. Nicht mehr dehydriert.

Wieder einmal war ich tropfnass, aber das machte mir nichts aus, weil ich zu sehr mit der Frage beschäftigt war, wie ich Wasser auffangen könnte. Ich hatte mit dem Becher schon Wasser vom Boden des Floßes geschöpft, obwohl es wahrscheinlich noch mit ein wenig Salzwasser vermischt war. Wenn ich wieder richtig durstig wurde, war es vermutlich besser als nichts.

Es hörte nicht auf zu regnen und bald war ich nicht nur durchnässt, sondern begann zu zittern und bedauerte mein Flehen, dass der Regen nicht aufhören sollte. Wie schnell alles von einem Extrem ins andere umschlug. Ich wollte bloß einen angenehmen Mittelweg, wusste aber nicht genau, wie der aussehen sollte. Zu einem wirklich angenehmen Mittelweg gehörten ein sonniger Tag und eine Bar am Pool, aber davon konnte ich nur träumen.

Obwohl ich nicht mehr durstig war, zwang ich mich, in regelmäßigen Abständen weiterzutrinken. Je mehr ich einlagerte, desto besser würde ich mit der nächsten Dürre fertigwerden. Und soweit ich das Wetter kannte, konnte die nächste Dürre eintreffen, bevor ich von der letzten Sintflut getrocknet war. Aber ich trank, bis ich mich vollgelaufen fühlte, und dann kam ein bedenklicher Moment, in dem ich rülpsen musste und mich fragte, ob ich alles wieder auskotzen würde.

Es blieb drin. Und als ich wieder konnte, trank ich weiter.

Ich saß da, tropfnass und zitternd, hob ab und zu den offenen Mund in den Himmel und nahm Wasser auf, während ich darauf wartete, dass es aufhörte zu regnen. Und dann wachte Max auf, trank ein bisschen Regen und erzählte mir mehr über sich.

»An dem Morgen nach den Keksen bin ich im Trainingsraum der Ringer hin und her gesprintet. Bis zur Erschöpfung – fünfundvierzig Minuten lang immer von einem Ende zum anderen. Dann hab ich mich auf die Waage gestellt und wie gebannt auf die Zahlen gestarrt. Fünfundfünfzigkommaeins.«

Mir fiel die Kinnlade runter.

»Der Trainer hat die Augen verdreht und der Schiri wollte mein Gewicht aufschreiben. Ich konnt's nicht fassen. Also hab ich mich ausgezogen und wieder auf die Waage gestellt. Fünfundfünfzig.«

Ich wollte applaudieren, grinste aber nur.

Max fuhr fort. »Ich hab in meiner Gewichtsklasse den ersten Platz belegt. Und den zweiten bei den Bezirksmeisterschaften. Beim Landesturnier wurde ich an dritter Stelle aufgestellt. Wir wollten unbedingt zum sechsten Mal in Folge Landesmeister werden, mussten uns aber jeder auf seine eigenen Kämpfe konzentrieren. Nur so konnten wir den Landestitel gewinnen.«

»Hört sich nach ziemlich viel Druck an.«

»Ich war noch nie in Portland gewesen. Die Busfahrt dauerte über sechs Stunden. Mein erster Kampf lief gut. Mein zweiter auch. Beim Halbfinale wartete ich auf meinen Gegner. Er tauchte nicht auf. Der Schiri kam zu mir und hob meine Hand. Der andere war verletzt worden und hatte aufgeben müssen. Ich war im Finale.«

Ich lächelte. »Das muss eine Erleichterung gewesen sein.«

»In jener Nacht habe ich kaum geschlafen«, fuhr er fort, »und wir mussten früh zum Wiegen. Ich war drunter, ohne Probleme, und ging gleich zum nächsten Imbiss, um mir den Bauch vollzuschlagen, als hätte ich monatelang nichts gegessen.«

»Was ja auch stimmte«, flüsterte ich.

»Mein Kampf war abends.«

Ich konnte mir nicht vorstellen, wie nervös er gewesen sein musste.

»Als ich drankam, trat ich auf die Matte. Ich band mir die grüne Manschette ums Fußgelenk. Mein Gegner streifte die rote über und blieb Auge in Auge vor mir stehen. Wir waren gleich groß. Sein Haar war kurz, so wie meins. Trotzdem gab es einen großen Unterschied. Er war älter. Und der amtierende Landesmeister.«

Ich drückte ihm die Daumen und wollte hören, wie es ausging.

»Ich sagte mir: *Bleib ganz ruhig, tu einfach, was du tun musst.* Drei Runden lagen zwischen mir und dem Podium. Drei Runden à zwei Minuten. Sechs Minuten. Mehr nicht.«

»Mehr nicht?« Die Kämpfe kamen mir so kurz vor.

Er nickte. »Sechs Minuten bis zum Landesmeister. *Konzentrier dich auf die erste Runde.* Wir hockten voreinander. Arme oben, neutrale Haltung. Wir reichten uns die Hände. An seinem Blick sah ich, dass es die einzige sportliche Geste war, die ich von ihm erwarten konnte. Der Schiri trug ein grünes Band, meine Farbe, am linken Handgelenk. Das war die Hand, die ich sehen wollte. Ich musste sehen, dass er sie hob, unbedingt.«

Ich hatte nicht oft beim Ringen zugesehen, aber was Max erzählte, klang aufregend.

»Ich war bereit, anzugreifen. Seine Beine. Wollte den Spaltgriff versuchen. Die Zeit stand still, wie bei einem Schnappschuss. Als ob wir schon ewig dahocken würden. Ich starrte meinen Gegner an. Er starrte zurück. Seine Augen waren blau. Er hatte einen Pickel am Kinn, der reif war zum Ausdrücken. Ich ballte meine Hände noch einmal zu Fäusten, duckte mich tiefer und wollte gerade losspringen, da hörte ich …«

Ich zog die Stirn kraus. »Was denn? Was hast du gehört?«

»Die Pfeife. Wie der Blitz schoss er auf meine Beine zu, bevor ich Gelegenheit bekam, mich auf seine zu stürzen. Ich war in der Defensive. Ich spreizte die Beine, warf mich in die Luft und auf ihn zu, in der Hoffnung, auf ihm zu landen, bevor er eins meiner Beine erwischte. Die Menge tobte. Ich wusste, dass es geklappt hatte, bevor ich ihn zu Boden gebracht hatte.«

»Bravo!« Ich grinste.

»Ich umklammerte ihn. Ich brauchte meine ganze Kraft, um

eine seiner Schultern zu Boden zu drücken. Mein Gesicht war in seiner Achselhöhle, sein Schweiß blieb an mir kleben. *Dranbleiben! Dranbleiben!,* sagte ich mir immer wieder.«

*Bleib dran, Max, bleib dran, bleib dran,* skandierte ich lautlos.

»›Dreißig!‹, schrie der Schiri. Ich brauchte noch dreißig Sekunden, verstehst du? Ich musste noch dreißig Sekunden irgendwas tun. Ich versuchte, seine andere Schulter zu Boden zu drücken, um ihn festzuhalten.« Max verzog das Gesicht. »Ende der Runde. Ich sah auf die Anzeigetafel. Null-null. Die Zeit war zu kurz, um darüber nachzudenken, warum ich für den Takedown keinen Punkt bekommen hatte. Der Schiri warf eine Münze. Mein Gegner durfte wählen, ob er die nächste Runde oben oder unten starten wollte. Er schüttelte leicht den Kopf und deutete auf mich. Er überließ mir die Entscheidung.«

»Warum?«, überlegte ich laut.

Max zuckte mit den Schultern. »Um mich psychisch fertigzumachen? Keine Ahnung. Meine Beine waren kräftig. Normalerweise war ich oben, bevor mich irgendjemand berühren konnte. Ich entschied mich für unten und kniete auf der Matte nieder. Sein Atem blies mir heiß ins Genick. Ich war bereit, auf der Matte wegzurutschen, aufzustehen und …«

Ich überlegte laut: »Und dann?«

»Bevor ich mich auch nur rühren konnte, hatte er seinen Arm unter meinem durch in meinen Nacken gelegt und mich mit einem Halbnelson auf den Rücken geworfen.«

»Oh.« Ich nahm an, dass das keine gute Position für ihn war.

»Seine Finger waren wie Schraubzwingen. Er hatte mich.«

»War es damit vorbei? Hattest du verloren?« Ich hielt den Atem an.

Max schüttelte den Kopf. »Er hatte meine linke Schulter auf der Matte. Die Menge brüllte, aber ich blendete sie aus. Ließ alles runterfahren. Da war nur noch der hämmernde Herzschlag in meinem Kopf. Ich stemmte die Beine mit aller Kraft auf den Boden und versuchte, hochzukommen. Mit einer Hand wollte ich ihn von mir stoßen, mit der anderen versuchte ich immer noch, seine Finger zu packen. ›Zwanzig‹, brüllte der Trainer. Zwanzig Sekunden lang konnte ich machen, was ich wollte. Er wollte gewinnen.

Gewinnen.

Siegen.

Landesmeister bleiben.

*Ich muss was tun. Los jetzt! Los jetzt! Sonst bin ich fertig!*

Aber er hatte mich. Er hielt mich fest.«

»Max … oh nein …«, flüsterte ich.

»Der Schiri schlägt mit der Hand auf die Matte. Die Menge tobt. Besiegt. Ich liege immer noch auf dem Rücken. Mein Gegner wirft seinen Helm in die Luft. Er lässt den Schiri seinen Arm zum Zeichen des Sieges hochhalten und hüpft jubelnd auf der Matte herum. Ich lag da, mit den Händen vor meinem Gesicht. Ich wollte … wollte …«

»Was wolltest du?«, fragte ich.

»Ich wollte weinen«, sagte er. »Hab's aber nicht getan.«

# VIERUNDDREISSIG

Max hielt inne, lehnte sich im Floß zurück und schien wieder zu schlafen.

Mein Herz pochte und ich holte tief Luft.

Es gab noch mehr zu erzählen, das wusste ich, aber ich konnte warten. Wir hatten reichlich Zeit.

Es hatte aufgehört zu regnen, aber der Wind war stärker geworden. Das Floß tanzte auf den Wellen, die seit dem Sturm in der ersten Nacht nicht mehr so hoch gewesen waren. Ich hatte mich inzwischen an das Schaukeln gewöhnt und fürchtete mich nicht mehr wie früher in einem Boot. Und die Angst der ersten Tage spürte ich nicht mehr. Aus Angst war Gleichgültigkeit geworden. Einfach nur dasitzen, den eintönigen Himmel betrachten, das eintönige Wasser, die eintönigen Farben. In der Monotonie sehnte ich mich nach Abwechslung.

Ich kniff die Augen zusammen.

Am Himmel bewegte sich etwas, es kam näher.

*Ist es das, wofür ich es halte?*

Es stimmte.

Ich atmete langsam ein und meine Augen füllten sich mit Tränen.

Ein schwarz-weißer Laysanalbatros schwebte direkt über mir, reglos und mit ausgebreiteten Schwingen ließ er sich mühelos vom Wind tragen. Es musste ein Schwarzfußalbatros sein, einer von denen, die häufig in unserem Vorgarten nisteten.

»Hallo, Albatros!« Lachend warf ich beide Arme hoch und umarmte mich.

In allen Geschichten über Schiffbrüchige warteten die Leute auf dem Meer immer sehnsüchtig auf Vögel, weil sie darauf hindeuteten, dass Land in der Nähe sein musste. Aber der Albatros weckte diese Hoffnung nicht in mir. Albatrosse können meilenweit fliegen, um Futter für ihre Jungen zu holen. Sie fressen Tintenfischeier oder Fische, und wenn sie zu ihren Nestern zurückkehren, würgen sie das Ganze für ihre Küken in einer öligen, ekligen, stinkenden Masse wieder hoch.

Der Albatros war ein kleines Stück Zuhause. Auf Midway erlebte ich den Lebenszyklus der Albatrosse Jahr für Jahr. Von August bis Oktober gab es keinen einzigen Albatros auf Midway, weder an Land noch am Himmel. Anfang Oktober kehrten sie dann allmählich zurück. Jeder auf der Insel machte mit, wenn es darum ging, den ersten Albatros zu sehen. Ich fuhr überall mit dem Fahrrad herum und hielt Ausschau. Bis wir irgendwann im Radio hörten: »Die Albatrosse sind wieder da!« Und dann schnappten wir uns alle unsere Fahrräder oder Golfcarts und eilten zu der Stelle, wo die ersten Vögel gesichtet worden waren.

Anfangs waren es nur ein paar auf einem Feld, Tupfen auf einer kahlen Fläche. Aber ein bis zwei Wochen später war die Luft dann erfüllt von ihnen und kurz darauf gab es auf jeder naturbelassenen Fläche, jedem Rasenstück ein Nest. Albatrospaare bleiben ein Leben lang zusammen und können siebzig Jahre alt werden. Sie bauen ihre Nester jedes Jahr an demselben Fleck. Und sie tanzen. Einen sehr komplizierten Tanz mit achtzehn verschiedenen Bewegungen, mit Gesten und Verneigungen und Rufen in den Himmel. Sie sehen dabei so komisch aus, dass die Truppen, die im Zweiten Weltkrieg auf Midway stationiert waren, ihnen den Spitznamen Gooney Birds gaben. Wir nannten sie einfach Gooneys.

Wenn sie tanzten, schrien sie auch. So laut, dass manche Leute auf Midway mit Ohrstöpseln schliefen, wenn die Gooneys tanzten. Ich tat das nie. Ich mochte den Lärm und war so daran gewöhnt, dass ich ihn kaum noch hörte. Eigentlich ärgerte ich mich sogar über die Leute, denen die Geräusche auf die Nerven gingen. Sie waren ein Teil der Natur, den nur wenige Menschen erleben durften.

Besonders gern mochte ich den Laut, den die Eltern ausstießen, wenn sie mit ihren Eiern redeten, ein beruhigendes und melodisches *ih, ih, ih.* Manchmal schlüpfte ein Ei nicht, und lange nachdem alle anderen Eier geschlüpft waren, redeten die Eltern immer noch mit dem toten Ei.

Vielleicht hofften sie noch.

Dasselbe passierte, wenn ein Küken starb. Die Erwachsenen redeten weiter mit ihm. Dann waren sie eines Tages weg.

Weil sie irgendwie wussten, wann es Zeit war, aufzugeben. Nicht mehr länger zu hoffen.

Der Gooney kreiste neugierig über mir.

Mir fiel die Zeile auf der Karte mit den Ratschlägen ein, über die Vögel, die man töten sollte.

Aber dieser Albatros war kein Vogel. Nicht für mich.

Albatrosse hatten Seelen.

Und obwohl ich so hungrig war, wusste ich zu viel über Albatrosse und hatte gesehen, wie sie lebten.

Angeblich können die Albatrosse in der Luft schlafen, einen Teil ihres Gehirns abschalten, um sich auf ihren langen Flügen auszuruhen.

Ich fragte mich, was dieser hier wohl tat, wie weit er geflogen war. Wo er hinwollte. War er ein Elternteil, das irgendwo ein Küken hatte?

Es war Mitte Juni, für Eltern ziemlich spät im Jahr, um ihre Küken noch zu füttern. Inzwischen mussten sie aufgehört haben, keine Lust mehr haben, zum Abflug bereit sein, bis es Zeit wurde, den Kreislauf wieder von vorn zu beginnen.

War er vielleicht ein diesjähriges Küken? Um diese Jahreszeit verließen sie ihre Nester und wurden selbstständig.

Küken lernten zu leben oder zu sterben, indem sie aufs Meer hinausflogen.

Und wenn sie überlebten, blieben sie sieben Jahre draußen auf dem Meer, bevor sie zum Nisten nach Midway zurückkehrten. In den ersten Jahren nannten wir sie Teenager, wenn sie nach Midway zurückkehrten, weil sie nicht so genau wussten, was sie tun sollten. Sie tanzten in Gruppen, auf der Suche nach einem Partner. Und manchmal fanden sie einen Partner, bauten ein Nest und legten ein Ei. Aber dann wussten sie nichts damit anzufangen.

Das Ei musste warm gehalten werden, musste sechzig Tage lang ununterbrochen bebrütet werden.

Wenn ich an einem Nest vorbeikam und sah, dass beide Eltern danebensaßen und es betrachteten, dann wusste ich, dass sie Teenager waren, die herausfinden wollten, was zu tun war. Und natürlich fanden sie es irgendwann heraus. Aber nicht schnell genug für das Ei dieses Jahres.

Von den Schwingen des Albatros, der über mir seine Kreise zog und zu mir zurückkehrte, tropfte etwas Nasses auf mich hinab.

Hatte er schon früher Leute auf dem Meer gesehen? Natürlich, auf Schiffen. Aber so wie jetzt? In so einem kleinen Floß, so direkt auf dem Wasser?

*Ob er sich fragt, wer wir sind? Warum wir hier sind?*

Der Vogel flog über mich hinweg und setzte seinen Weg fort. Ob alt oder jung, der Albatros schien mit seiner Welt aus Himmel und Meer im Reinen. Das Floß war nur eine vorübergehende Ablenkung.

Ich winkte zum Abschied, sah ihm nach, bis Tränen meinen Blick verschleierten und ich ihn nicht mehr sehen konnte.

Mit dem späten Nachmittag sank die Sonne und ließ die Wolken, die gen Osten zogen, besonders violett und finster aussehen. Als ich in ihre Richtung blickte, sah ich etwas in der Ferne. Etwas Seltsames. Ein schemenhaftes Etwas im Sonnenlicht, die Form einem Tornado ähnlich, aber weißlich und ständig in Bewegung.

Als das Etwas näher kam, erkannte ich, was es war. Und hörte es.

Vögel. Ein aufgebrachter, chaotischer, schreiender Vogelschwarm. Ich pickte die heraus, die ich kannte. Rauchseeschwalben, mindestens ein Blaufußtölpel, ein paar Australseeschwalben. Sie änderten ihre Formation, tauchten ab und flogen wieder hoch. Das Wasser unter ihnen war mindestens genauso bewegt wie sie.

Ich hatte so etwas schon gesehen, wenn ich auf Midway mit meinem Dad fischen ging. Die Vögel folgten den kleinen Fischen, wollten sie fangen, während von unten größere Fische die kleineren fressen wollten. Auf diese Weise fanden wir heraus, wo wir unsere Angelschnur auswerfen mussten.

Wie hieß das noch?

Ich schnippte mit den Fingern. *Köderball.* Und dieser Köderball kam direkt auf das Floß zu. Ein ganzer Schwarm Fische kam direkt auf mich zu.

»Max!«

Er reagierte nicht.

Meine Hände fingen an zu zittern, während mein Herz pochte.

Ich konnte einen Fisch fangen.

Ich konnte einen Fisch fangen, etwas davon essen und den Rest als Köder für mehr Fische verwenden. Ich konnte nicht aufhören, mir meine spröden Lippen zu lecken.

Die Leute mit den Rettungstipps konnten mich mal.

*Ich schaffe das.*

Jedes Jahr legte eine Seeschwalbe ihr Ei mitten auf das Geländer unserer Terrasse. Das Küken war nur ein kleiner weißer Ball oder Bausch, am Anfang kaum zehn Zentimeter groß. In diesem Jahr hatte ich es Sméagol getauft, weil ich *Der Herr der Ringe* gerade wieder gelesen hatte.

Die Mutter brachte kleine schwarze Fliegende Fische, die manchmal größer als Sméagol waren. Ich wusste, dass diese kleinen Fliegenden Fische auch in dem Köderball sein mussten, und mit etwas Glück …

Die kleineren Fische sprangen direkt aus dem Wasser, wo sie von jedem Vogel, der wusste, wozu er einen Schnabel hatte, geschnappt wurden. Als sie näher kamen, überlegte ich, ob ich meinen Hoodie als Netz benutzen könnte, entweder zum Schöpfen oder zum Auffangen, wenn sie sprangen. Ich nahm ihn in beide Hände, streckte ihn von mir und hielt dabei gut fest. Alles hing davon ab, ob sie dem Floß ausweichen würden oder nicht.

Auf den Knien wartete ich mit dem Sweatshirt in den zitternden Händen und hielt den Atem an, bis mich die Ausläufer des Vogelschwarms erreichten. All die Laute und Rufe und Schreie waren eine Kakophonie nach so viel Stille. Die kleinen Fische waren so nah, dass ich fast die Hand nach ihnen ausstrecken und sie berühren konnte. Etwas Warmes, Klebriges landete auf meinem Kopf. Dann auf meiner Schulter.

Vogelkacke.

Wie im Reflex rümpfte ich meine Nase und zuckte sofort vor Schmerz zusammen. In dem Moment sprangen mehrere kleine Fische hoch, dicht vor mir, die ich mit meinem Sweatshirt ins Floß fegte, wo sie auf den Boden flappten.

»Juchhu!«, jubelte ich. »Seht ihr das, ihr bescheuerten Seenot-Leute? Hurra!«

Der Köderball schien bei mir innezuhalten, und ich zog mir meinen Hoodie über den Kopf, um die Vogelattacke abzuwehren. Sie schrien weiter, während ich den kleinen Fischen beim Sterben zusah. Wirklich schade, aber ich brauchte sie.

Ein Fisch hörte schließlich direkt neben dem Weihnachtsmann aus Plastik auf zu zappeln. Als ich danach griff, sprang der Weihnachtsmann fast zwanzig Zentimeter vom Boden hoch.

Ich kippte um, weil ich von unten gestoßen wurde.

»Oh Gott.«

Da war etwas unter dem Floß. Etwas Großes.

# FÜNFUNDDREISSIG

Ich versuchte, ins Wasser zu schauen. Da waren kleine Fische und unter ihnen größere Gestalten, etwa einen Meter lang, vermutlich Thunfische oder Wahoos oder Doraden. Aber darunter? Das konnte sonst was sein. Die Jungs, die auf Midway fischten, beschwerten sich gelegentlich, dass sie von Galapagoshaien verfolgt wurden, die ihre Fische stahlen, sobald sie sie an Bord zu ziehen versuchten.

Noch ein Stoß von unten.

*Mist.*

Ich suchte nicht länger im Wasser. Meine Hände zitterten. Vielleicht wollte ich es gar nicht wissen.

*Bitte bring das Floß nicht zum Kentern.*

Ich nahm einen von den kleinen Fliegenden Fischen in die Hand. Wenn ich nicht ausgekippt und gefressen werden wollte, würde ich weiter hungern müssen.

Ich holte meinen Haken und spießte den Fisch auf.

»Tut mir leid, mein Kleiner.«

Ich band mir die Schnur ums Handgelenk und warf sie über Bord.

Die Schnur war kurz, vielleicht einen halben Meter lang, deshalb war der Fisch nur knapp im Wasser. Es gab sofort einen Ruck. Auf Midway fischten wir mit riesigen Rollen, die am Heck der Boote befestigt waren. Aber ich hatte früher bei meinen Großeltern in Wisconsin im See nach kleinerem Zeug mit einer Rute geangelt. Ich wusste, dass ich warten musste, bis sie den Haken fest im Maul hatten, bevor ich zog. Ich wartete. Noch ein Ruck.

Ich zog.

Der Fisch leistete Widerstand und das Floß setzte sich in Bewegung. Ich konnte nur festhalten. Der hier war ziemlich groß.

Ich lehnte mich zurück, um mein ganzes Gewicht einzusetzen, und hielt fest. Ich ärgerte mich, weil ich vergessen hatte, meine Hände mit dem Sweatshirt zu umwickeln, falls die Schnur am Ende doch so scharfkantig werden würde, dass sie mir ins Fleisch schnitt. Aber jetzt war es zu spät, also konnte ich meine Angel nur nach besten Kräften festhalten.

Eine Faust über die andere fing ich an, die Leine einzuholen. Das gestreifte Gesicht eines Gelbflossen-Thunfischs tauchte aus dem Wasser, mit glänzenden, dunklen Augen. Von seinem Anblick beflügelt, zog ich fester. Der Fisch war schon fast aus dem Wasser, und ich grinste, obwohl ich keine Ahnung hatte, wie ich ihn ausnehmen sollte.

»Oh Mann! Max, ich hab einen …«

Die Worte erstarben, als ein riesiges, offenes Maul mit rasierklingenscharfen Zähnen direkt unter dem Thunfisch aus dem Wasser schoss und zuschnappte. Ein Maulvoll Wasser und der größte Teil des Fischs verschwand in den Wellen. Der Hai war weg, bevor ich registriert hatte, was passiert war.

Ziemlich verlangsamt, aber immer noch entsetzt, schrie ich auf.

Ich hatte so fest gezogen, dass der Rest des Thunfischs in meinem Schoß landete. Schnell warf ich ihn von mir auf den Boden des Floßes, wo er blutend neben dem Weihnachtsmann und den restlichen Fliegenden Fischen liegen blieb.

Ein weiterer Stoß unter meinem Po ließ mich noch lauter aufschreien.

»Verschwindet!« Ich wedelte wie wild mit den Händen, um die Vögel zu verscheuchen, in der Hoffnung, dass der Köderball mit ihnen abziehen und den Hai mitnehmen würde. »Weg! Fliegt weiter!«

Binnen Sekunden waren die Vögel davongeflogen und das Wasser hatte sich beruhigt. Der Köderball war weitergezogen.

Mein Blick wanderte zu dem zerfetzten Thunfisch, der mit glasigen, leblosen Augen zu mir hochstarrte. Der Hai hatte mir sogar einen Gefallen getan. Ich musste nicht mehr darüber nachdenken, wie ich meine Beute ausnehmen sollte.

Aufatmend merkte ich erst jetzt, dass ich die Luft angehalten hatte. Mein Durst hielt sich in Grenzen und meine Verzweiflung war nicht groß genug, um die Augen des Fisches zu essen oder die Flüssigkeit entlang der Gräten zu trinken.

Gelbflossen-Thunfisch wird roh zu Sashimi verarbeitet und die mochte ich. Eigentlich war das hier doch auch nichts anderes, oder?

Der Fisch war glitschig und rutschte mir sofort aus den Händen. Ich packte ihn noch einmal und barg ihn mit einem Arm vor der Brust. Mein weißes Top war bereits verdreckt, Fischinnereien konnten es kaum schlimmer machen.

Mit den Fingern bohrte ich ein Stück aus dem rosa Fleisch.

»Ist bloß Sashimi.« Obwohl meine Mom den Thunfisch immer erst einen Tag im Kühlschrank liegen ließ, bevor sie ihn aufschnitt und servierte. Dieser Luxus blieb mir verwehrt, und da die Sonne bald unterging, würde die Zeit vermutlich auch nicht reichen, um ihn rechtzeitig zu trocknen. Wenn ich an diesem Tag noch etwas essen wollte, würde ich diesen Fisch essen müssen. Roh.

*Sashimi. Einfach nur Sashimi.*

Ich schob mir den Bissen in den Mund und kaute. Der Fisch war schleimig und salzig und ich musste würgen, konnte aber noch rechtzeitig schlucken.

»Gar nicht so schlecht.« Das stimmte nicht, auch wenn ich es laut aussprach. Trotzdem bohrte ich noch ein Stück heraus und aß es. Um mich von dem toten Fisch in meinem Schoß abzulenken, besann ich mich darauf, wie viel Glück ich gehabt hatte.

Ich hatte einen Fisch gefangen. Ich hatte tatsächlich einen Fisch gefangen.

Und was noch? Ich hatte den Fisch im offenen Meer gefangen, und das bewahrte mich vor Krankheiten, die ich von Fischen aus den Riffen bekommen konnte. Wie Ciguatera. Die Fische nahmen das Gift mit den kleinen Tierchen auf, die sie fraßen, und da es hitzebeständig war, wurde es auch beim Kochen nicht zerstört.

Ciguatera führte zu Übelkeit, Erbrechen und Durchfall. Und im Anschluss an diese Symptome setzten neurologische Beschwerden ein, wie Koordinationsstörungen und ein permanentes Kribbeln.

Hässlich. Und außerdem ziemlich unheilbar.

Ich schob mir noch ein Stück Fisch in den Mund. Richtig. Ich hatte wirklich Glück, dass mich der Ozean ernährte.

Mein Magen gluckerte.

Ich schluckte und legte eine Pause ein. Vielleicht freute sich mein armes, geschrumpftes Bäuchlein einfach nur, dass es Protein bekam, nachdem es drei Tage lang nichts außer ein paar ausgebleichten Skittles gegeben hatte. Ich aß weiter und hoffte, dass Max aufwachen würde, um mitzuessen. Ich überlegte, ob ich ihn wecken sollte.

Entschied mich aber dagegen.

Ich aß weiter, biss ich so satt war, dass ich rülpste.

Ich legte den restlichen Fisch für Max beiseite, in der Hoffnung, dass er bald aufwachen und essen würde. Es würde aber nicht lange dauern, bis die Reste des Thunfischs stanken. Das einzig Vernünftige wäre, sie loszuwerden, denn sobald ich wieder Hunger bekam, würde ich in Versuchung kommen. Ich warf die Reste so weit ich konnte aus dem Floß und wusch mir die Hände mit Salzwasser. Ich lehnte mich an die Floßwand zurück und versuchte, mich an das Völlegefühl in meinem Bauch zu gewöhnen.

Es war nicht besonders schwer. Dann wachte Max auf. Falls er wusste, dass ich gegessen hatte, sagte er jedenfalls nichts dazu. Und ich erwähnte es auch nicht. Ich hörte nur zu.

# SECHSUNDDREISSIG

Max klang so zielstrebig. »Ich beschloss, mir den Sieg nie wieder so kurz vor dem Ziel wegschnappen zu lassen. Ich fing wieder an zu essen. Über den Sommer wuchs ich zwölf Zentimeter und nahm dreizehn Kilo zu.«

»Puh, das ist eine Menge.« Beschämt unterdrückte ich noch einen Rülpser. »Aber wie hast du es geschafft, dich wieder auf fünfundfünfzig Kilo runterzuhungern?«

»Anschließend habe ich in der Klasse bis zweiundsechzig Kilo weitergekämpft und war zwei Jahre lang Landesmeister.«

Ich lächelte. »Glückwunsch.«

»Ringen war aber nicht alles. Sie hat mir mehr bedeutet. Für sie hätte ich es aufgegeben. Ich hätte alles für sie aufgegeben.«

Ich fragte mich, wer *sie* war.

Max erzählte es mir. »Brandy Thomas und ich gingen in der Zehnten zum ersten Mal zusammen aus. War irgendwie seltsam, denn ich kannte sie seit dem Kindergarten, als sie noch schwarze Zöpfe trug.«

So etwas konnte ich mir kaum vorstellen. Ich kannte niemanden seit dem Kindergarten. Manchmal hätte ich gern Klassenkameraden gehabt, die ich schon ewig kannte. War es seltsam, etwas zu vermissen, das man nie gehabt hatte?

Max fuhr fort. »In der Zehnten waren die Mädchen, die bisher meine Größe gehabt hatten, plötzlicher kleiner als ich. Sie sahen mich anders. Ich sah sie anders. Ich war nie mit jemandem ausgegangen. Nicht einmal in der Tanzstunde.«

Ich war auch nie mit jemandem ausgegangen. Eigentlich hatte

ich sogar noch nie mit einem Jungen geredet, von den wenigen abgesehen, die mir bei AJ am Pool begegnet waren. Würde ich jemals die Chance bekommen, mit einem Jungen auszugehen? Ich spürte, wie mir eine Träne übers Gesicht lief, und wischte sie schnell weg.

Max lächelte. »Als das Schulfest anstand, redeten meine Klassenkameraden auf mich ein, jemanden einzuladen. Brandy und ich hatten uns immer gut verstanden. Sie wohnte draußen im Reservat und redete nicht viel, aber sie war lustig. Ziemlich eigensinnig. Gut in der Schule. Ein paar Wochen vor dem Schulfest bin ich zu ihr gegangen, als sie an ihrem Spind stand, und hab sie eingeladen. Das war's. Anschließend sind wir beide nie mehr mit jemand anderem ausgegangen.«

Ich lächelte. Max klang so verliebt.

»Brandys Mom mochte mich nie besonders.«

Ich fragte mich, wie es sein konnte, dass sie ihn nicht mochte. Ich kannte ihn zwar kaum, und trotzdem wusste ich einfach, dass er ein guter Typ war.

»Ich war immer freundlich. Aber ihre Tochter wollte sie mir nicht anvertrauen, das merkte ich. Vielleicht hatte sie so eine Ahnung, eine Intuition. Vielleicht wusste sie mehr als wir.«

Ich verstand nicht so ganz, was er damit meinte, aber Max redete nicht weiter.

# SIEBENUNDDREISSIG

Es wurde Abend und ich zog Bilanz. Nachdem ich so viel gegessen hatte, ging es mir viel besser. Ich musste sogar zum ersten Mal seit langer Zeit pinkeln. Aber ich hatte einen üblen Sonnenbrand und mein Piercing quälte mich immer mehr.

Und ich trieb noch immer in einem Rettungsfloß mitten im Nirgendwo.

Wolken bedeckten die Sterne und den Mond und machten die Nacht sehr dunkel. Ich griff nach dem Coastal Commander, nahm die Taschenlampe heraus und schaltete sie ein. Die direkte Umgebung des Floßes wurde hell, als ich um mich herum leuchtete und nach Max sah. Ich schaltete die Lampe aus und alles wurde wieder von der Schwärze geschluckt. Die Dunkelheit war noch schlimmer als zuvor.

Also schaltete ich die Lampe wieder ein.

Ich konnte nicht die ganze Nacht die Taschenlampe ein- und ausschalten. Ich nahm eine Fackel in die Hand. Das wäre Verschwendung. Ich musste sie aufbewahren, für den Fall, dass ich ein Flugzeug oder ein Schiff hörte. Im Dunkeln stopfte ich alles wieder in den Coastal Commander.

Dann lehnte ich den Kopf auf den Rand des Floßes und versuchte zu schlafen. Das Wasser war ruhig, wiegte uns so sanft auf und ab, dass ich es kaum spürte.

Ich hatte mich an die Bewegung gewöhnt.

Und die Stille. Anfangs war die Stille so laut gewesen. Da war so viel Nichts, dass ich es nicht ausblenden konnte. Aber daran gewöhnte ich mich auch, an die Stille. Und das war vermutlich der Grund, warum ich, nachdem ich eingedöst war, von dem Geräusch aus der Ferne aufwachte.

Blinzelnd strengte ich mich an, die Finsternis zu durchdringen. Das Geräusch konnte ich zunächst nicht einordnen, und es dauerte eine Weile, bis ich es aufgedröselt hatte.

Es dröhnte.

Ich kannte das Geräusch. Es war eine C-130.

Die Küstenwache.

*Rettung.*

Ich winkte mit beiden Armen. »Hier! Hier!«

*Dämlich. Als ob dich jemand hören oder sehen könnte.*

Die Fackeln. Ich brauchte die Fackeln.

»Max! Ein Flugzeug!«

Mit den Händen ertastete ich im Dunkeln den Coastal Commander, öffnete den Reißverschluss und nahm die Taschenlampe heraus. Ich schaltete sie ein und leuchtete ins Innere, dann nahm ich eine Fackel heraus. War das die gleiche wie die, die Max benutzt hatte? Ich hielt sie dichter vor meine Augen, damit ich die Anleitung lesen konnte. Soweit ich erkennen konnte, musste ich nur das Wachssiegel abreißen und an der Schnur ziehen.

*Wie lange hat Max' Fackel gebrannt?*

*Soll ich warten, bis das Flugzeug näher gekommen ist?*

Es hörte sich noch weit weg an.

Es gab mehrere Fackeln. Ich konnte diese hier zum Ausprobieren benutzen und dann warten, bis das Flugzeug näher gekommen war, bevor ich die nächste anzündete.

Ich steckte mir die Taschenlampe in den Mund, damit ich beide Hände frei hatte, dann entfernte ich das Wachs vom oberen Ende der Fackel. Ich streckte eine Hand aus, zog an der Schnur und hielt sie dann vom Floß weg. Ich schaltete die Taschenlampe aus und wartete auf das Feuerwerk.

Ich hörte ein leises Zischen und ein kurzes Fauchen. Es gab aber kein Licht.

Eine leichte Brise kam auf und ich konnte nicht atmen. Hustend und würgend nahm ich die Fackel in die andere Hand, hielt sie in den Wind und schaltete die Taschenlampe ein.

Orangeroter Rauch. Das war alles, was die Fackel verbreitete. Nichts außer orangerotem Rauch.

Fluchend schmiss ich die Fackel ins Wasser.

Ich hatte die falsche angezündet. Eine Rauchfackel war für tagsüber.

Ich leuchtete mit der Taschenlampe wieder in die Tasche. Noch zwei. Diesmal las ich die Aufschriften sorgfältiger. Die eine war noch eine Rauchfackel, also musste die andere richtig sein. Ich nahm sie heraus und machte mich bereit, wartete darauf, dass das Flugzeug näher kam.

So saß ich da, mit zitternden Händen, und hörte mein Herz in den Ohren pochen.

»Komm schon, komm schon.«

Das Dröhnen kam näher, obwohl ich am bewölkten Himmel immer noch keine Lichter sehen und nicht sagen konnte, wie nah sie tatsächlich war. Dann hielt ich es nicht mehr aus. Ich hoffte, dass die Fackel wenigstens zehn Minuten brennen würde, vielleicht sogar länger. Und dass ich das Geräusch der C-130 richtig deutete und sie in spätestens ein oder zwei Minuten da war.

Ich steckte mir die Taschenlampe wieder in den Mund und erhob mich auf die Knie. Ich entfernte das Wachssiegel, sprach ein stilles Gebet und deutete mit der Fackel in die Richtung des Flugzeugs. Ich zog an der Zündschnur und hielt die Fackel mit einer Hand von mir, mit der anderen klammerte ich mich an der Seitenwand des Floßes fest.

Die Fackel versprühte Funken, zischte wunderbar und entzündete sich. Und ging hoch. Der Zylinder in meiner Hand war leer.

Das ganze Feuerwerk beschrieb einen Bogen in den Himmel hinauf, wo es für etwa zehn Sekunden in der Luft stehen blieb und sich dann in lauter kleine Sterne zerstreute, die zur Erde rieselten.

Mein Kiefer klappte auf und die Taschenlampe fiel ins Wasser. »Nein!« Ich griff danach, aber es war schon zu spät und ich konnte nur zusehen, wie sich das Licht in Spiralen drehte und sank, drehte und sank, dabei immer blasser wurde und schließlich ganz erlosch.

Mit röhrenden Turbinen brach die C-130 oben durch die Wolkendecke, rote Lichter blinkten.

»Hallo! Ich bin hier unten!« Ich wedelte mit den Armen.

Aber das Flugzeug wurde nicht langsamer.

Der Pilot dippte nicht mit den Flügeln, kein Zeichen, dass er mich gesehen hatte.

Kein Fallschirm fiel heraus.

Weil sie mich nicht gesehen hatten. Sie wussten nicht, dass das Floß da war.

Ich hob meine Arme, Ellenbogen in die Luft gereckt, Hände hinter dem Kopf verschränkt. Ich atmete aus.

Ich würde nicht gerettet werden. Nicht in dieser Nacht.

Die C-130 verschwand so schnell, wie sie gekommen war.

Ich ließ die Arme sinken und schlang sie um meinen Körper.

Nur wenige Augenblicke später war das Dröhnen der C-130 leiser geworden und verklang und verwandelte meine Welt wieder in eine tonlose, lichtlose Leere.

Ich stieß ein halbherziges »Komm zurück!« hervor.

Dann rollte ich mich in der Dunkelheit zusammen und weinte.

# ACHTUNDDREISSIG

Ich wachte auf, weil es nieselte, und drehte mich auf den Rücken, um die Tropfen in meinen Mund nieseln zu lassen. Nach der Katastrophe der vergangenen Nacht fehlte mir die Energie, mehr zu tun. Max hatte sich nicht gerührt. Ich hatte nicht den Mut, ihm von dem Flugzeug zu erzählen. Dass es mir nicht gelungen war, ihnen ein Zeichen zu geben.

Nach einer Weile setzte ich mich auf. Vor mir am Horizont glaubte ich einen Streifen zu sehen.

Vielleicht war es nur ein tief hängendes Wolkenband. Der Tag war bewölkt, möglicherweise hatte mir die schlechte Sicht und meine Erschöpfung einen Streich gespielt.

Im Laufe des Tages wurde der Streifen ein bisschen größer. Da war eindeutig etwas. Ich wollte, dass Max aufwachte, damit ich es ihm zeigen konnte. Um zu erfahren, was er davon hielt.

Und genau da wachte er auf. Er brauchte einige Momente, um sich zu orientieren, und hielt sich dann an der Wand des Floßes fest, um zum Himmel aufzublicken, den Mund zu öffnen und zu trinken. Wasser lief ihm übers Gesicht, aber er machte sich nicht die Mühe, es abzuwischen.

Ich erzählte ihm nichts von der C-130. Stattdessen deutete ich auf den Streifen am Horizont. »Glaubst du, dass das eine Insel ist?«

Wir starrten beide ein paar Minuten in die Richtung.

Max kniff die Augen zusammen. »Kann sein.« Genau das hatte ich auch gedacht.

Ab und zu zeigte sich die Sonne. Als der Tag dem Ende entgegenging, waren wir dem Streifen noch näher gekommen, und er wurde wirklicher. Ich bemerkte, dass die Wolken darüber grün waren, und das bedeutete, dass sie die Farbe von Wasser, seichtem Wasser reflektierten, und das wiederum hieß, dass da ein Riff und eine Insel waren.

Und dann tauchten die Vögel auf. Australseeschwalben, Rußseeschwalben und ein paar Noddiseeschwalben. Diesmal gehörten sie nicht zu einem Köderball. Diesmal waren sie nah an zu Hause.

Der Streifen war eindeutig eine Insel. Und wir kamen ihr mit jeder Minute näher.

Ich hatte ein paar Ideen, welche Insel das sein konnte. Oder nicht sein konnte. Und Hoffnungen, welche es nicht sein sollte.

Laysan war eine Möglichkeit. Um diese Jahreszeit würden Forscher da sein, das wäre also perfekt. Aber ich war mir ziemlich sicher, dass wir vermutlich noch viel zu weit westlich von Laysan waren.

Das Pearl-und-Hermes-Atoll war vermutlich auch zu weit weg.

Die Gardner Pinnacles konnten es sein, aber das wäre übel, denn das waren bloß zwei kahle Felsen, hervorragend geeignet für Vögel und Insekten, aber nicht für Menschen. Aber was ich sah, war sowieso nicht sehr hoch, also konnten sie es gar nicht sein.

Während ich angestrengt nachdachte, mir die Seekarte vorzustellen versuchte, kehrte ich immer wieder zu dem Namen Lisianski zurück. Ich war mir ziemlich sicher, dass diese Insel hier irgendwo sein musste. Und das wäre auch gar nicht schlecht. Ich hatte mir angewöhnt, mich während der langen Gespräche beim Abendessen mit Biologen und anderen Forschern ein bisschen nützlich zu machen. Ich hatte das Internet durchforstet und mir ein paar coole, krasse oder verwunderliche Fakten über die weniger bekannten Nordwestlichen Hawaii-Inseln gemerkt, mit denen ich wenigstens ab und zu am Esstisch die Aufmerksamkeit auf mich lenken konnte.

Und über Lisianski gab es ein paar Fakten, die ich nie vergaß.

Irgendwann Anfang des zwanzigsten Jahrhunderts waren Kaninchen auf der Insel ausgesetzt worden, die sich natürlich vermehrten – es waren nun mal Kaninchen. Aber irgendwann ging ihnen die Nahrung aus und deshalb wurden sie Kannibalen, die Alten verzehrten die Jungen. Ein Naturforscher, der die Insel von Honolulu aus besuchte, berichtete, er habe gesehen, wie das letzte neugeborene Kaninchen von der letzten hungrigen Mutter lebendig verzehrt wurde.

Dinge wie kannibalische Kaninchen vergisst man so schnell nicht.

Außerdem rastete meine Mom aus, als ich die Geschichte beim Abendessen erzählte. Sie schickte mich sofort auf mein Zimmer, vor meinem Lieblingsdessert, dem besten Kuchen der Welt.

Ich seufzte, wenn ich nur daran dachte.

Deutscher Schokoladenkuchen, in den Löcher gebohrt und anschließend mit einer ganzen Dose süßer Kondensmilch gefüllt wurden. Dann bekam der Kuchen eine Glasur aus Karamellsauce, wurde mit Fertigsahne bestrichen und zerstoßenen Karamellriegeln bestreut. Ein weiterer Grund, den Abend mit den kannibalischen Kaninchen auf Lisianski nicht zu vergessen.

Lisianski war auch ziemlich bekannt für Vogelwilderei. Ungefähr um dieselbe Zeit wie die Kaninchen durchkämmten Gesetzeshüter die Insel und entdeckten Wilderer mit den Federn von mehr als einhundertvierzigtausend toten Vögeln.

*Krass.*

Ich fragte mich, ob die Frauen, die Federn an ihren Hüten trugen, und die Leute, die in Federbetten schliefen, jemals darüber nachdachten, wo die Füllung herkam. Wie viele Vögel sterben aus, damit sie ihre Köpfe weich betten können?

Zum Glück für die Vögel hat Teddy Roosevelt das ganze Gebiet der Hawaii-Inseln zum Vogelschutzgebiet erklärt. Seit damals wird es auf andere Weise geschützt und von anderen Leuten und Lisianski ist wieder mit Vögeln bevölkert.

Alles in allem wäre es nicht schlecht, auf Lisianski zu landen. Ganz bestimmt nicht das Schlechteste. Und viel besser, als im Floß festzusitzen.

Die Sonne ging fast unter, als ich Wellen brechen hörte. Seit ich in dem Floß saß, hatten die Wellen kein Geräusch gemacht. Sogar die großen mit den tiefen Tälern waren relativ leise gewesen. Wenn ich Wellen brechen hörte, konnte das nur eins bedeuten: Eine Insel oder ein Riff waren ganz in der Nähe.

Mein Herz schlug schneller.

Mit Riffs hatte ich schon auf Midway Erfahrungen gesammelt. Wenn wir mit dem Boot hinausfuhren, um Mönchsrobben und Spinnerdelfine zu beobachten. Im Inneren des Riffs war es ruhig und schön, aber draußen, wo das Meer anbrandete, war es tödlich. Bei Midway war das Riff an einer Stelle unterbrochen, sodass die Schiffe hereinkommen konnten. Aber überall sonst? Massiv. Schiffe waren am Riff zerschellt. Riffe bestehen aus Korallen und die sind scharfkantig. Das Riff würde das Gummifloß zerfetzen, wenn es dagegenschlug. Verflucht, das Riff würde *mich* zerfetzen, wenn ich dagegenschlug.

Konnte ich allein entscheiden, was zu tun war?

Ich seufzte und bettete den Kopf in meine verschränkten Hände, während ich meine Möglichkeiten erwog. Eigentlich nur *eine* Möglichkeit. Denn es war unumgänglich. Unsere beste Chance zu überleben bestand darin, aus dem Floß rauszukommen und diese Insel zu erreichen, welche Insel es auch sein mochte.

Mein Blick wanderte zu Max. Das Floß wäre ohne uns leichter und würde vielleicht sogar von einer großen Welle über das Riff gehoben werden. Aber wenn wir ohne Floß gegen das Riff schlugen, würden wir vermutlich nicht überleben. Also mussten wir mit ihm zusammen hinüber, wenn es nur irgend möglich war.

Der Strand der Insel rückte näher. Ich hockte vorn im Floß, klammerte mich fest und sah, wie wir von einer Welle hochgehoben wurden. Wir steuerten direkt auf das Riff zu und ich schrie.

# NEUNUNDDREISSIG

Hoch. Es ging hoch.
Und dann runter.
Ich war nicht mehr im Floß.
Fiel.
So langsam.
Flog ich?
Da war Grün.
Und dann Grau. Und Braun.
Grau und Weiß und Braun.
Das Riff.
Plötzlicher Schmerz. *Mein Kopf!*
Und dann nichts.

# VIERZIG

*Klack! Klack! Klack!*

Ich stöhnte. Mein Kopf fühlte sich an wie zwei Hälften.

*Klack! Klack!*

Ich lag mit dem Gesicht nach unten im Sand, die Arme zu beiden Seiten von mir gestreckt. Ich versuchte zu blinzeln und kniff dann die Augen zu, als ich erkannte, dass mein Gesicht und mein ganzer Körper voller Sand waren. Ich wischte mir übers Gesicht und schrie auf, als ich mein linkes Auge berührte.

Auf der Seite konnte ich nichts sehen.

Ich versuchte noch einmal zu blinzeln. Aber nur mein rechtes Auge funktionierte.

*Klack! Klack! Klack!*

Vorsichtig mit den Fingern tastend, erkannte ich, dass mein linkes Auge geschwollen war. Dick geschwollen.

Mein Mund war total sandig und ich spuckte, versuchte, etwas Spucke zu sammeln, und spuckte wieder.

Wie war ich ans Ufer gelangt?

Eine derbe Welle hob mich etwas an, wollte mich wieder hinaustragen, aber plötzlich stoppte mein Körper, und etwas zerrte an meinen Haaren.

Ich drehte mich vorsichtig und sah, dass sich mein Haar am Strand in den saftigen grünen Naupaka-Sträuchern verfangen hatte. Ich wollte mir nicht ausmalen, was passiert wäre, wenn ich von einer Welle wieder hinausgetragen worden wäre, als ich noch bewusstlos auf dem Bauch gelegen hatte.

Ich schuldete dem Naupaka ein dickes Dankeschön.

*Klack! Klack! Klack!*

Ich drehte den Kopf so weit, wie es mit den festhängenden Haaren ging, um mein rechtes Auge auf den Strand zu richten.

Da standen einige junge Albatrosse, schwarz-weißes Erwachsenengefieder ragte büschelweise aus ihren silbergrauen Babydaunen. Sie spähten zu mir hinüber und teilten mir mit ihren klackenden Schnäbeln mit, dass ihnen mein plötzliches Auftauchen an ihrem Strand überhaupt nicht in den Kram passte.

Ich ignorierte sie und versuchte, mich zu befreien.

Meine Finger waren verschrumpelt und nass und rissig. Ich versuchte, mein Haar zu entwirren. Ich hatte vermutlich schon eine Weile dagelegen, weil ein Teil meiner Cornrows völlig mit der Pflanze verwoben war. Ich versuchte, sie zu entwirren, ohne Erfolg.

*Das Floß.*

*Max.*

Ich rief nach ihm, aber als ich aufzustehen versuchte, gaben die Sträucher nicht nach. Also riss ich mich mit schmerzverzerrtem Gesicht los. Mit den Fingern ertastete ich einen ziemlich großen, kahlen Fleck. Es war bloß Haar. Ein kleiner Preis für mein Leben und die Landung auf einer Insel.

*Auf einer Insel!*

Ich musste Max finden.

Meine Beine drohten unter mir nachzugeben. Leicht schwankend stolperte ich durch die Naupakas und den Strand hinauf, scheuchte die Albatrosse auf, die sich zurückzogen, aber nicht aufhörten zu klacken.

Wegen meiner Blindheit auf der linken Seite musste ich mich langsam bewegen, um nicht das Gleichgewicht zu verlieren. Die lange Zeit, die ich im Floß verbracht hatte, machte die Sache nicht besser.

Auf einer leichten Anhöhe angekommen, blieb ich stehen und

suchte den Strand nach irgendwelchen Hinweisen auf Max ab. »Max?« Ich rief nach ihm und dann entdeckte ich etwas Gelbes am Strand, etwa hundert Meter weit weg. Das Rettungsfloß. »Max!«

Ich wollte zum Strand zurückspringen, aber meine Beine gaben nach, und ich landete auf dem Bauch, keuchend mit dem Gesicht im Sand. Ich blieb eine Sekunde liegen und mobilisierte, was mir noch an Kraft geblieben war.

Langsam stand ich wieder auf und setzte mich unsicher in Bewegung. Das Floß war da, zerfetzt vom Korallenriff, aber immer noch mehr oder weniger in einem Stück. Jeder Versuch, es zu flicken, wäre aussichtslos. Die linke Seite war aufgerissen und der Coastal Commander verschwunden. Die Gürteltasche war auch nirgends zu sehen. Mühsam zerrte ich das Floß den Strand hinauf.

Mit der Hand über meinem gesunden Auge blickte ich aufs Wasser hinaus. Nichts.

Meine Beine knickten ein und ich fiel in den Sand. Das hatte nichts zu bedeuten. Mit Max konnte trotzdem alles in Ordnung sein. Ich hatte es geschafft. Er konnte also auch überlebt haben. Ich kroch in die Überreste des Floßes, legte mich hin und schlief.

Als ich aufwachte, fühlte ich mich besser, obwohl mein linkes Auge immer noch zugeschwollen war und in meinem Kopf Schmerzen hämmerten. Ich setzte mich langsam auf und gewöhnte mich allmählich wieder an das Gefühl, festen Boden unter mir zu spüren. Mein Körper schien immer noch leicht zu schwanken, als wäre ich nach wie vor auf dem Wasser.

Ich sah mich um.

Die Insel war klein, so viel war sicher, und wenn ich raten sollte, hätte ich auch weiterhin auf Lisianski getippt. Und damit war ich wenigstens vom Nirgendwo an einen Ort übergewechselt, den es auf der Karte gab. Eindeutig ein Fortschritt.

Auf einigen kleinen Inseln hielten sich auch im Sommer keine Forscher auf, aber in regelmäßigen Abständen kamen sie mit Schiffen vorbei, um nach dem Rechten zu sehen. Es war also sehr wahrscheinlich, dass jemand diese Insel aufsuchen würde. Und ich nahm mir vor, bereit zu sein, wenn sie kamen.

Mein Magen knurrte. Ich musste etwas zu essen suchen.

Rauchseeschwalben flogen über mir, mit ihren heiseren Schreien und grün schimmernden Bäuchen, auf denen sich das Wasser in der Sonne spiegelte. Mir fielen noch mehr Internet-Banalitäten ein: Für den Soundtrack von Hitchcocks Film *Die Vögel* waren die Schreie der Rauchseeschwalben auf der Midway-Insel Eastern Island aufgenommen worden. Es war schön, nach all den Tagen und Nächten der Stille rundherum wieder Leben zu hören.

Mein Magen knurrte weiter.

Bei so vielen Vögeln musste es auch Eier auf der Insel geben. Aber selbst wenn ich mich dazu überwinden könnte, Eier zu essen, gab es keine Möglichkeit, sie zu kochen.

Etwas stach mir in den Zeh, und ich bückte mich, um den blauen Missetäter aufzuheben. Ein Einwegfeuerzeug. Ich öffnete meine Hand und ließ es in den Sand zurückfallen. An den Stränden von Midway lagen sie zu Tausenden herum, ich blickte mich um und sah sie auch hier überall. Nutzlos.

Obwohl ich hungrig und durstig war, musste ich Prioritäten setzen. Für den Fall, dass ein Flugzeug über mich hinwegflog oder ein Schiff vorbeifuhr, musste ich Zeichen geben können. Und ich hatte keine Fackeln mehr. Ich wankte zur Mitte der Insel, wo zwei Dünen M-förmig etwa zehn Meter in die Höhe ragten.

Ich kletterte auf die eine und ließ mich schwer atmend fallen. Nichts als Wasser zu sehen im Umkreis der Insel. Der Wind wehte mir sanft durchs Haar, während die Sonne mein sonnenverbranntes Gesicht quälte. Grüne Meeresschildkröten dösten am Strand, und ich lächelte unwillkürlich, während ich den Sand von meinem Knöchel wischte. Das Tattoo war noch zu erkennen. Es sah so schön aus, mit dem dunklen Henna und der makellosen Zeichnung, dass es an meinem geschundenen Körper total fehl am Platze schien. Ich seufzte und blickte wieder zum Strand. Noch eine Meeresschildkröte hatte sich zu den anderen gesellt.

Meeresschildkröten verbrachten viel Zeit auf Midway, legten dort aber keine Eier ab. Ich fragte mich, ob sie es auf dieser Insel taten. Die Schildkröten sahen riesig aus, sogar von so weit weg. Sie hatten meine Anerkennung, weil sie es schafften, zu überleben. Manche Weibchen blieben fünfundzwanzig Jahre im Meer, bevor sie Eier ablegten.

Ich rutschte im Sand abwärts, landete neben einem kleinen Haufen Treibholz. Ein Signalfeuer wäre am sinnvollsten, nur hatte ich nichts, um es anzuzünden.

Ich stieß ein kleines Holz an und es rollte den kleinen Treibholzhügel hinab.

Noch ein Feuerzeug, diesmal orangefarben, kam zum Vorschein. Ich hob es auf. Wäre es nicht am einfachsten, wenn ich ein Feuerzeug hätte, um mein Signalfeuer anzuzünden?

Mit dem Daumen schnippte ich an dem Rädchen. Nichts. Der Mechanismus war so verrostet, dass er sich keinen Millimeter bewegte. Ich schüttelte das Feuerzeug und die Flüssigkeit schwappte.

Feuerzeuggas? Oder Meerwasser?

Noch ein Feuerzeug, ein blaues, lag in Reichweite, und ich hob es auf. Auch in diesem war Flüssigkeit. Wenn ich mehrere fand, die nicht leer waren, konnte ich sie aufbrechen und alle Flüssigkeit auf den Holzstapel gießen. Dann musste ich nur noch eines finden, das noch funktionierte. Irgendwann musste ich doch mal gewinnen, oder?

Wenigstens war ich auf diese Weise beschäftigt.

Ich nahm das Holz von dem kleinen Stapel und trug es zur Spitze der Düne, dem besten Platz für ein Signalfeuer. Etwa eine Stunde lang jagte ich nach Holz, nahm nur besonders trockene Stücke und hatte am Ende einen ganz hübschen Haufen auf meinem Hügel angesammelt.

Eine blassgrüne Fischerboje, die in der Mitte auseinandergebrochen war, leistete mir gute Dienste als Eimer, mit dem ich umherging und Feuerzeuge sammelte. Es dauerte nicht lange, bis die Boje voll war, und ich trug sie zum Floß zurück.

Max war da und saß in den Überresten des Floßes.

# EINUNDVIERZIG

Mir fiel die Kinnlade herunter. »Wie bist du hierhergekommen?«, fragte ich.

Er zuckte mit den Schultern. »Wie bist *du* hierhergekommen?«

Ich spähte auf das Riff hinaus, wo die Wellen brachen. Die gleichen Wellen, die das Floß zerfetzt hatten.

»Gute Frage.«

Die Chancen, dass es jemand nach so einer Abreibung bis zum Strand schaffte, waren vermutlich nicht sehr groß. Ich berührte mein linkes Auge. Ich hatte wohl Glück gehabt, dass ich so unbeschadet durchgekommen war. Ich setzte mich neben ihn.

Max sah gar nicht so schlimm aus. Ich freute mich, dass ich nicht mehr allein war, und erklärte ihm meinen Plan.

Ich nahm ein Feuerzeug und drehte an dem Rädchen, in der Hoffnung auf eine Flamme. Einen Funken. Irgendein Zeichen, dass es noch funktionierte. Eines nach dem anderen probierte ich den Inhalt meines Eimers durch.

Nach jeder Enttäuschung schleuderte ich den Ausschuss auf einen Haufen. Ich würde die Feuerzeuge später aufbrechen und die restliche Flüssigkeit auf mein Signalfeuer schütten. Am Ende meiner Ausbeute angekommen, kickte ich die leere Fischerboje von mir.

»Es gibt noch viel mehr Feuerzeuge«, sagte Max. »Du musst nur ein einziges Mal Glück haben.«

Ich nickte. »Ich wollte auch nicht aufgeben, sondern nur eine Pause einlegen.« Im Westen zogen Wolken auf. »Vielleicht gibt es Regen.« Ich nahm die Boje wieder an mich und untersuchte sie auf Löcher. Ich würde Gefäße aufstellen müssen, um Regen zu sammeln. Ich erhob mich, um nachzusehen, was es gab, um Wasser aufzufangen.

Ich lief am Stand entlang, hinter einer Kurve konnte ich Max und das Floß nicht mehr sehen. Kurz darauf merkte ich, wie müde ich war. Ich fand eine saubere Stelle im Sand und setzte mich, um mich kurz auszuruhen. Die Sonne schien so warm, dass ich mich auf den Rücken legte und mein gesundes Auge schloss.

Heiseres Quaken weckte mich.

Ich setzte mich auf. Zu schnell, weil mir kurz schwindelig wurde.

Das Geräusch hörte nicht auf, es klang wie ein riesiger Frosch mit einer tiefen Stimme.

Als ich mich einer Düne näherte, wurde es lauter, und ich ließ mich auf die Knie fallen und legte mich hin, um über den Rand zu spähen, ohne gesehen zu werden. Etwa dreißig Meter entfernt lag eine Hawaii-Mönchsrobbe mit dem Rücken zu mir am Strand. Die Robbe war schlanker als die meisten, die ich bisher gesehen hatte, etwa einen Meter achtzig lang, blickte aufs Wasser und brüllte und brüllte.

Wegen ihrer Größe ging ich davon aus, dass es ein Weibchen war.

Ich folgte ihrem Blick, konnte aber nichts erkennen.

Hawaii-Mönchsrobben gab es auch auf Midway, einem entscheidenden Rückzugsort für die Tiere, einem Ort, den sie brauchten, um zu überleben. Mit weltweit nur etwa eintausenddreihundert Tieren sind sie eindeutig vom Aussterben bedroht. Insofern war auf Midway das Betreten der meisten Strände für Menschen verboten. Wenn wir trotzdem auf eine Robbe stießen, mussten wir hundert Meter Abstand halten, und wer sich dieser Vorschrift widersetzte, riskierte, dass er seine Sachen packen musste.

Die meiste Zeit verbrachten die Tiere dösend am Strand und merkten nicht, wenn sie von Menschen durch ein Fernglas beobachtet wurden. Wenn ich hinter einem Naupaka-Strauch lag und sie beobachtete, würde ich wohl kaum mehr Schaden anrichten als die idiotischen Forscher, die sie fingen und Blutproben nahmen. Das fand ich viel traumatisierender.

Die Robbe rief wieder. Aber diesmal klang ihr Ruf anders. Ich konnte es nicht genau benennen, aber der Ton aus ihrem Mund hörte sich nach Schmerzen an. Und dann drehte sie sich auf den Rücken.

Ich schnappte nach Luft und schlug mir die Hand vor den Mund. »Sie ist *verletzt.*«

Ihr Bauch war aufgerissen, sie blutete, ihre Gedärme lagen frei und quollen heraus.

Eine Verletzung wie diese konnte ihr nur ein Hai zugefügt haben.

# ZWEIUNDVIERZIG

Sofort schweifte mein Blick auf die Lagune hinaus, aber ich sah nichts außer Wasser. Die Robbe musste zum Fischen draußen gewesen sein, als es passiert war. Alles andere ergab keinen Sinn. Zumal wegen der zahlreichen jungen Albatrosse, die von der Insel aufbrachen oder sich zum Aufbruch bereit machten, wahrscheinlich Tigerhaie in der Nähe waren. Viele Tigerhaie.

Ich bekam eine Gänsehaut.

Die Robbe klagte weiter. Sie versuchte, sich wieder auf den Bauch zu drehen, schaffte es aber nicht. Dann sah ich, dass ihr eine Flosse abgebissen worden war. Ich verstand nicht, wie sie es überhaupt bis zum Strand geschafft hatte. Oder warum der Hai sie nicht aufgefressen hatte.

Tränen traten in mein rechtes Auge, weil ich sie so leiden sah.

Aber ich konnte nichts tun. Selbst wenn wir näher an der Zivilisation gewesen wären, in der Nähe einer Auffangstation für Meeressäuger mit Tierärzten und Ausrüstung, hätten sie ihr vermutlich nicht helfen können.

Wir waren mitten im Nirgendwo und hatten nichts. Und sie würde nicht aus eigener Kraft gesund werden. Ihre Flosse würde nicht nachwachsen.

Ihre Rufe wurden schwächer, bis nur noch ein heiseres Wimmern zu hören war. Sie hatte so große Schmerzen.

Tränen liefen mir über die Wangen, sogar aus meinem zugeschwollenen Auge.

*Denk nach. Finde eine Lösung.*

Ich überlegte, wie es weitergehen würde, wenn das hier auf

Midway passiert wäre. Die Biologen würden beim National Marine Fisheries Service in Honolulu anrufen müssen, der für die Mönchsrobben und ihren Lebensraum verantwortlich war.

Und dann?

Der NMFS würde ihnen sagen, was sie tun sollten.

Und das war was?

Midway hatte keinen Tierarzt, niemanden, der operieren konnte. Der zuständige Humanmediziner war für so was auch nicht qualifiziert. Ein Blick auf ihre Verletzung bestärkte meine Zweifel, dass es irgendjemanden gab, der sie zusammenflicken konnte. Nicht zu vergessen, dass der NMFS mindestens einen halben Tag brauchen würde, um nach Midway zu kommen.

Mit dem Handrücken wischte ich meine Tränen ab und stand auf.

Ich konnte nicht einfach herumsitzen und ihr beim Sterben zusehen.

Ich zog mich vom Rand der Düne zurück und machte mich auf die Suche. Nach einem schweren, festen Gegenstand.

Einige Stücke Treibholz lagen am Strand verstreut, aber sie sahen zu leicht aus. In einem größeren Haufen Strandgut fand ich eine abgebrochene Planke. Ich hob sie auf und wusste, dass ich es mit der Planke in meinem derzeitigen Zustand aus Adrenalin und Gefühl schaffen würde.

Immer noch schniefend, kletterte ich wieder auf die Düne und kniete mich hin.

Die Robbe stöhnte jetzt, oder jedenfalls klang es wie Stöhnen. Menschlicher würde sich ein tierischer Laut kaum anhören können.

Es war grausam, so grausam, sie leiden zu lassen, wenn ich etwas dagegen tun konnte.

Ich durfte nicht länger zögern.

Da sie nicht mehr so lag, dass sie mich sehen konnte, lief ich schnell, aber leise los, etwa einen halben Meter von ihr entfernt blieb ich stehen. Eine sanfte Brise streifte mein Gesicht.

Ich atmete ein und fing ihren Duft auf.

Ein bisschen fischig.

Salzig.

Sie *war* das Meer.

Ich hielt die Planke mit beiden Händen fest umklammert, hob beide Arme über meinen Kopf, nahm all meine Kraft zusammen und machte mich bereit. Ich musste sie mit einem Schlag töten, weil ich daran zweifelte, dass ich einen zweiten Versuch über mich bringen würde.

Genau in dem Moment, als ich bereit war, mit der Planke zuzuschlagen, rollte ihr Kopf zu mir herum und ihre Augen blickten zu mir auf. Da war keine Überraschung in ihrem Blick. Als ob sie mich erwartet hätte. Damit ich ihr half.

Als sie mich ansah, fing ich an zu weinen.

»Es tut mir so leid …«

Dann schrie ich auf und ließ das Brett mit aller Kraft nach nach unten sausen.

# DREIUNDVIERZIG

Ich schleuderte die Planke von mir und sank neben der Robbe auf die Knie, ohne mich darum zu kümmern, dass sie mich beißen könnte, falls sie noch lebte.

Aber sie lebte nicht mehr, das war klar. Nichts an ihr flüsterte Leben. Ich streifte ihre Barthaare, als ich eine Hand vor ihre schmal geschlitzten Nasenlöcher hielt.

Sie musste nicht mehr leiden. Aber sie war eine von wenigen ihrer Art gewesen.

Bedroht.

Wer ein bedrohtes Tier verletzt, muss mit einem Bußgeld von Hunderttausenden von Dollars rechnen. Mit Gefängnis. Ich hatte viel Schlimmeres getan. Aber ich hatte keine Wahl gehabt.

Ich legte eine Hand auf ihren Kopf. Ihre Augen waren noch offen.

Noch voller Tränen.

Noch so traurig.

Noch so … menschlich.

Mit zarten Händen schloss ich sie.

Während ich mit überkreuzten Beinen neben ihr saß, streckte ich eine Hand aus und streichelte sie.

Ich hatte noch nie eine Robbe berührt.

Ihre dunkle Haut war glatt, weich. Ich streichelte ihr Gesicht und fuhr mit den Fingern über ihre Barthaare. »Jetzt ist es gut. Dir geht es gut.«

Ich schüttelte den Kopf, wischte mir die Augen und blickte aufs Wasser hinaus.

Etwas bewegte sich in den Wellen.

Vielleicht hatte ich es mir aber auch nur eingebildet.

Doch dann war es wieder da.

Ein Kopf.

Ein schwarzer, glänzender Kopf.

Kam direkt auf mich zu. Nein. Nicht zu mir. Zu der Robbe.

»Oh nein. Nein. Nein, nein, nein.«

*Das durfte nicht sein.*

Ich stand auf und kletterte auf die Düne, außer Sichtweite. Dann legte ich mich auf den Bauch und sah zu, wie das Robbenbaby das Ufer erreichte und direkt auf seine tote Mutter zukroch.

Ich drehte mich auf den Rücken und schlug die Hände vors Gesicht.

Ich hätte das Robbenbaby gleich mit erschlagen können, denn indem ich die Mutter tötete, hatte ich ihr Junges auch getötet. Und dann weinte ich.

# VIERUNDVIERZIG

Mit Tränen in den Augen lag ich hinter der Düne auf dem Bauch und sah zu, wie das Junge seine tote Mutter anstupste, die kaum größer war als es selbst. Das erklärte, warum die Robbe so mager war. Robbenmütter fressen fünf bis sechs Wochen lang nichts, während sie ihre Jungen säugen, und ernähren sich nur von ihrem Körperfett. Sie verlieren dabei bis zu achtzig Kilogramm Körpergewicht.

Ich stützte mich auf meine Ellenbogen.

Das Junge war im beginnenden Fellwechsel, es verlor an einigen Stellen schwarzes Fell. Bei seiner Größe und dem Zustand seines Pelzes musste es also kurz vor der Entwöhnung sein.

Vielleicht hatte das Junge eine Chance zu überleben.

Es gab ein tiefes *Brööp* von sich.

Die Mutter antwortete nicht.

Das Junge wollte Milch. Es suchte mit der Schnauze, stieß sie in die Wunde am Bauch der Mutter. Dann fand es noch einen Nippel, und während das Blut von seinen Barthaaren tropfte, trank es.

Unfähig, noch länger zuzusehen, trottete ich zum Floß zurück. Max schlief oder war bewusstlos, ich konnte es nicht mehr unterscheiden. Würde er etwas essen wollen von …? Ich musste würgen. *Nein.* Das konnte ich nicht.

Später ging ich noch einmal nachsehen. Die tote Robbe lag da, aber ihr Junges war weg. Ich konnte den Gedanken nicht ertragen, dass das Junge zu seiner toten Mutter zurückkommen könnte, immer wieder, während sie langsam verweste.

Und ich wollte den Leichnam loswerden, damit ich ihn nicht mehr sehen musste, um mich daran zu erinnern, was ich getan hatte.

Ich fand mein Plankenstück, legte es unter den Kopf der toten Robbe, wie einen Hebel, und schob. Der Körper bewegte sich, aber kaum merklich. Also setzte ich mich mit dem Rücken zu ihm, bohrte meine Füße in den Sand und stemmte mich dagegen.

Nichts.

Ich war schon außer Atem, wusste aber, dass die Mechanik meiner Hebel-Idee vernünftig war und funktionieren müsste. Deshalb versuchte ich es noch einmal und hob das Brett mit aller Kraft an. Und der Leichnam rollte. Nur langsam, aber immerhin. Nach einer weiteren Drehung beugte ich mich vor und stützte meine Hände auf die Knie, bis ich aufhörte zu keuchen.

Die Robbenmutter lag auf einer leichten Anhöhe und nach ein paar weiteren Versuchen ließ sie sich leichter rollen. Irgendwann lag sie am Wasserrand.

Ich war erschöpft und konnte nicht mehr, deshalb setzte ich mich in einiger Entfernung an den Strand und wartete darauf, dass das Meer meine Arbeit übernahm. Ich sah die Wolken näher kommen und drückte die Daumen, dass sie Regen brachten. Ich war durstig.

Ich lehnte mich nur für einen Augenblick zurück und schloss mein Auge.

Wasser schwappte über meine Füße und weckte mich. Ich brauchte einen Moment, bis ich realisierte, wo ich war. Ich setzte mich auf.

Die tote Robbe war weg.

Es war geschafft. Einfach so.

Das Robbenbaby würde allmählich vergessen, dass es je eine Mutter gehabt hatte.

Dann hörte ich etwas.

*Plopp!*

Anderthalb Meter vom Ufer entfernt sah ich die tote Robbe auf und ab dümpeln.

Bis das riesige, rot-weiße offene Maul eines Tigerhais fast ohne zu spritzen aus dem Wasser auftauchte und zuschnappte. Der Hai hob die komplette Robe aus dem Wasser, schüttelte sie wie ein Hund sein Spielzeug und schleuderte sie ins Wasser zurück. Beide verschwanden.

Ich saß mit offenem Mund und klopfendem Herzen da. Mir stockte der Atem.

Der Hai war mindestens viereinhalb Meter lang gewesen.

*Plopp!*

Der Rücken der Robbe tauchte auf.

Ich schnappte nach Luft und war in Sekundenschnelle aufgesprungen.

Und da war der Hai wieder, ein wütendes Maul voller Zähne. Schnappte einmal zu und die Robbe war weg.

Ich schlug meine Hände vor die Brust und versuchte durchzuatmen. Ein Wort drehte sich pausenlos in meinem Kopf, ich konnte an nichts anderes denken. Denn nur dieses eine Wort beschrieb, was ich eben gesehen hatte.

*Monster.*

# FÜNFUNDVIERZIG

Nur für den Fall, dass es regnen sollte, machte ich mich anschließend auf die Jagd nach Wasserbehältern. Ich fand noch ein paar kaputte Fischerbojen und spülte sie aus, so gut ich konnte, ohne zu weit ins Wasser zu gehen. Eigentlich hatte ich nicht vorgehabt, jemals wieder einen Fuß ins Meer zu setzen.

Der Abend brachte tatsächlich Regen. Anfangs saßen Max und ich mit offenen Mündern da, um frisches Wasser hineinregnen zu lassen. Es schmeckte leicht salzig, war aber trotzdem köstlich. »Vielleicht ist der Regen mein silberner Fallschirm.«

Max antwortete nicht.

Mit dem Wasser im Bauch fühlte ich mich wenigstens nicht mehr ganz so hungrig. Als es nicht aufhörte zu regnen, steckte ich ein paar Stöcke in den Sand, befestigte das Floß darauf und kreierte einen armseligen, aber trockenen Unterschlupf zum Drunterliegen. Nun, er war zumindest teilweise trocken. Beim nächsten Mal wäre ich schlauer und würde das erledigen, bevor es anfing zu regnen, damit er wirklich trocken war.

Ich schlief eine Weile und wachte dann in der Dunkelheit auf, weil mein Magen knurrte. In der Lagune fischen durfte ich nicht, selbst wenn ich Angelgerät zusammenstoppeln könnte. Ich durfte nicht riskieren, dass ich Ciguatera bekam. Viele Möglichkeiten blieben also nicht.

Als die Sonne aufging, machte ich mich entschlossen auf die Suche nach etwas Essbarem.

Die meisten Albatrosse hatten auf der kleinen, geraden Fläche zwischen dem Floß und der höchsten Düne genistet.

»Autsch!« Ich war auf etwas Scharfkantiges getreten und senkte den Blick. Auf ein Albatrosküken, nur ein Skelett, an dem noch die Hälfte des silber-schwarzen Daunengefieders hing, den größten Teil des Fleisches hatten Krebse gefressen. Ich nahm einen Stock und stach damit zwischen die Rippen, wo die Speiseröhre gewesen sein musste, und spießte rotes Plastik auf. Verschlüsse von Plastikflaschen, falsche Plastikkirschen, sogar einen roten Spielzeugsoldaten, dem ein Arm fehlte.

Ich schüttelte den Kopf.

Ein junges Küken, das von seinen Eltern versehentlich getötet worden war. Wenn erwachsene Albatrosse an der Meeresoberfläche fischten, dann schwelgten sie meistens in Tintenfischeiern. Aber bei so viel Müll im Meer hatten sich diese Eltern offensichtlich auf die Farbe Rot spezialisiert und den Bauch ihres Kükens mit Plastik gefüllt. Deshalb war es verhungert, obwohl es geglaubt hatte, dass sein Bauch voll war. Und das war er ja auch gewesen, aber mit den falschen Dingen.

Ich suchte weiter die Nistplätze ab und entdeckte ein großes Ei. Ein Albatrosei, weiß mit einem rötlichen Fleck an der Spitze. Offensichtlich tot. Wahrscheinlich verfault. Mit meinem Stock rollte ich es herum. Unten hatte es einen Riss und brach durch die Bewegung entzwei.

»Iiigittt!« Ich legte mir einen Arm über die Nase und rannte davon, bis ich weit genug gegen den Wind gerannt war, um es nicht mehr zu riechen. »Ekelhaft.« Ich schüttelte mich.

Ich setzte meine Suche fort. Einige Rußseeschwalben rannten keckernd über den Strand. Sie nisteten am Boden und ich hielt Ausschau nach ihren kleinen getupften Eiern. Ich fand eines und ging daneben in die Hocke. Die Mutter kam angeflitzt und blieb in einiger Entfernung stehen.

Ich war hungrig.

Die Mutter blickte auf ihr Ei, dann auf mich.

Mein Magen schnurrte zusammen wie trockenes Laub.

Ich ließ das Ei und die Mutter in Ruhe, ging meiner Wege und holte tief Luft.

Als ich mich der Stelle näherte, an der ich die Robbenmutter gefunden hatte, hörte ich Gebell. Das Baby. Ich joggte die Düne hinauf und kniete nieder.

Das Robbenjunge war da und schnupperte an einer Seegurke.

Ich hatte immer geglaubt, Seegurken wären wie richtige Gurken, eine Art Gemüse aus dem Meer, bis ich eine gesehen hatte. In Wirklichkeit sind es Meerestiere, und diese hier war sehr dunkel, fast dreißig Zentimeter lang, und ähnelte einer großen Nacktschnecke. Wenn sich Seegurken bedroht fühlen, wehren sie sich, indem sie Fäden aus klebrigem Zeug ausspucken. Diese hier hatte sich offensichtlich so gefühlt, denn das arme Robbenbaby war überall im Gesicht und an den Barthaaren mit hellgrünem Klebezeug bedeckt.

Ich lächelte. Seegurken waren für eine Robbe vielleicht keine Delikatesse, aber im Überfluss vorhanden und leicht zu fangen. Zahlreiche Robbenjungen ernährten sich davon, bevor sie fischen lernten.

»Gut gemacht, Starbuck.«

*Wie bin ich denn da drauf gekommen?*

Aus irgendeinem Grund war mir der Name einfach so eingefallen. Vielleicht wegen der vielen Folgen von *Battlestar Galactica* in Honolulu. Und einer Vision meiner täglichen Kaffeedröhnung. Ich versuchte, nicht an einen Karamell-Macchiato zu denken.

Vielleicht hatte ich einfach das Bedürfnis, der Robbe einen Namen zu geben, um sie zu einer Gefährtin zu machen. Und natürlich war Starbuck in der TV-Serie ein Mädchen, aber die junge Robbe möglicherweise nicht. Ich wusste es nicht. Der Name passte eben.

Starbuck schüttelte den Kopf, während sie kaute, vermutlich

gefiel ihr das ganze klebrige Zeug nicht besonders. Dabei lief noch mehr Pampe aus ihrem Maul und blieb an ihrer Schnauze kleben. Sie kaute aber beharrlich weiter, bis die Seegurke weg war.

Ich hatte ein gutes Gefühl. Starbuck würde es schaffen.

# SECHSUNDVIERZIG

Bis der dritte Morgen auf der Insel anbrach – oder jedenfalls glaubte ich, dass es der dritte Morgen war –, hatte ich mir eine Routine zugelegt. Wenn ich in meinem Unterschlupf aufwachte, schlug ich mein Auge auf, um zu sehen, ob sich etwas verändert hatte.

Mein linkes Auge war immer noch zugeschwollen. Nutzlos.

Meine Nase schmerzte weiterhin so sehr, dass mir schon Tränen in die Augen stiegen, wenn ich nur schniefte.

Meine Lippen waren aufgesprungen und brannten bei der kleinsten Bewegung.

Ich wachte hungriger auf, als ich eingeschlafen war.

Wenn ich aufstand, musste ich aufpassen, dass ich meine verdreckten Bermudas nicht verlor, mein ehemals weißes Top war inzwischen eher schwarz vor Dreck und Sand und Blut, und ich war mir ziemlich sicher, dass meine Unterwäsche alleine laufen konnte.

Nein, bei mir hatte sich nichts geändert.

Bei Max auch nicht. Er schlief inzwischen eigentlich immer.

Nun zur Insel.

Die Farben der Insel blieben gleich.

Der strahlende Himmel war ungebrochen blau.

Das Wasser kräuselte sich nach wie vor grünlich-türkis.

Die langen Sandflächen waren weiß, hier und da mit grünen Pflanzen und dem bunten Treibgut durchsetzt, das Tag für Tag angeschwemmt wurde.

Das Farbmuster war zu einer unveränderten Konstante geworden, sodass mir der Atem stockte, als ich den leuchtend gelben Fleck im Wasser entdeckte.

Ich starrte ihn mit meinem zusammengekniffenen gesunden Auge an.

Der hellgelbe Fleck war ein Rettungsanzug, der da draußen im Wasser trieb.

Ich stand da und sah zu, wie er näher kam, bis ich mehr erkennen konnte. Oben war er gelb, unten schwarz mit angehängten Stiefeln. Er sah ziemlich gut erhalten aus.

Der Anzug war aber nicht platt.

War da eine Art Kompressor drin? Um ihn aufzublasen? Ich hatte irgendwo gelesen, dass sie nichts mehr taugten, wenn sie Löcher bekamen, also war da vielleicht eine Luftblase drin, die ihn oben hielt.

Mein Herz klopfte, aber ich wollte nicht zulassen, was ich dachte.

*Hoffte.*

Manchmal besaßen diese Anzüge Seenot-Funksender. Dieser vielleicht auch. Und vielleicht konnte ich ihn aktivieren und darauf warten, dass ihm jemand zur Insel folgte. Zu mir.

Ich beobachtete ihn noch eine Weile, aber er schien nicht näher zum Strand zu kommen. Widerwillig ging ich ins Wasser. Zögernd watete ich weiter, um mir den Anzug zu holen. Das Wasser reichte mir bis an die Knöchel, dann über die Schienbeine.

*Gleich geschafft.*

Ich packte einen Stiefel und zog.

»Oh Gott.«

Der Anzug war nicht leer. Ich hielt einen Fuß fest. Und das bedeutete …

Da kam eine Welle und schob den schweren Anzug auf mich zu. Ich schrie und stieß ihn von mir. Der Anzug war gefüllt. Ein toter Mensch steckte darin, oder vielmehr das, was von einem toten Menschen übrig war. Und dieser Mensch war so schwer, dass ich ihn nicht von mir stoßen konnte.

Ich wollte weg, stolperte durchs Wasser und hätte fast den Halt verloren. Mit der nächsten Welle wurde der Anzug, der tote Körper, hochgehoben, und ich blickte in das augenlose, fast verweste Gesicht einer Leiche.

Ich schrie und schob, aber die Welle verstärkte das Gewicht des Körpers, sodass am Ende mein Gesicht an die Brust des Anzugs gedrückt wurde. Mit letzter Kraft wirbelte ich herum und brüllte, weil mir plötzlich ein brennender Schmerz von der Nase in den Kopf schoss.

Schließlich kroch ich an den Strand, barg mein Gesicht in den Händen und versuchte zu ertasten, was passiert war. Blut tropfte in den Sand. Der Diamant war weg, hatte sich irgendwo am Anzug festgehakt – vielleicht am Reißverschluss – und meine Nase an einer Seite aufgerissen.

Ich fiel um, mit dem Rücken zum Wasser, schlang die Arme fest um meine Beine, zitterte und weinte.

Irgendwann beruhigte ich mich und drehte mich zum Wasser um.

Der Rettungsanzug … die Leiche … trieb immer noch im seichten Wasser. Die Wellen trugen sie Richtung Strand, aber nie so weit, dass sie lange dort liegen blieb. Irgendwann wurde sie von den Wellen immer wieder zurückgezogen, von mir weg.

Ich stand auf.

Da redete Max mit mir. Er hatte lange nichts gesagt.

Seit Tagen, jedenfalls kam es mir so vor.

Er sagte: »Du brauchst den Anzug. Du brauchst das Funkgerät.«

Ich schüttelte den Kopf. »Nein.« Ich schniefte, was höllisch wehtat. »Ich geh nicht mehr da raus!« Meine Stimme hatte jeden Anschein von Besonnenheit verloren, und alles, was aus meinem Mund kam, war schrill, kindisch und unkontrolliert. »Mach ich nicht.«

Er redete auf mich ein, ich solle gehen, losgehen und den Anzug holen. Wenn ich ihn noch kriegen wollte, würde ich mich in den nächsten Minuten aufmachen müssen. Wieder in dieses Wasser gehen.

Max ließ mir keine Ruhe. »Geh da rein und hol ihn dir. Du musst es tun.«

»Nein!«, schrie ich. »Nein, muss ich nicht!« Ich warf mich in den nassen Sand und blieb liegen.

Ich musste gar nichts tun.

Ich musste nur liegen bleiben. Liegen bleiben und verbluten.

Liegen bleiben und sterben.

Es war mir egal. Ich musste gar nichts tun.

Musste ich nicht.

# SIEBENUNDVIERZIG

Meine linke Wange lag im kühlen, nassen Sand. Mit meinem gesunden Auge beobachtete ich den gelben Anzug.

*Vielleicht ist in dem Anzug gar kein Funkgerät.*

*Wenn eins drin wäre, hätte ihn inzwischen jemand gefunden.*

*Oder das Ding ist kaputt.*

Ich dachte mir immer neue Ausreden aus, um nicht noch mal in dieses Wasser zu gehen.

Und Max sagte: »Du musst.«

Ich schloss mein Auge und sagte: »Sei still.« Und ich sagte es immer wieder. »Sei still! Sei still! Sei still!«

Und dann setzte ich mich auf und schrie, schrie, bis mein Kopf schmerzte und meine Stimme fast versagte. Und dann stand ich auf, drehte mich zu Max um und sagte mit meiner kaum noch vorhandenen Stimme, was ich bis jetzt nicht hatte aussprechen können.

»Dich gibt es gar nicht! Du bist tot! Du warst tot, als ich dich aus dem Floß geschoben habe.« Ich keuchte und musste eine Pause einlegen, um Luft zu holen. »Ich habe dich erfunden, weil ich den Gedanken nicht ertragen konnte, was ich getan hatte, um mich zu retten.« Ich zeigte mit dem Finger auf ihn. »Ich habe dich zurückgeholt, um nicht so allein zu sein …«

Es war ein Schock, die Wahrheit laut zu hören, und ich schlug mir mit der Hand auf den Mund.

Das Eingeständnis, dass ich nur mit mir selbst redete, und zwar seit dem zweiten Tag im Floß, war zu viel für mich. Mein Oberkörper kippte vornüber auf meine Knie, zusammengerollt hielt ich mir mit den Händen die Ohren zu. Ich wollte nicht hören, was ich außerdem vielleicht noch laut aussprechen würde. Etwas laut Ausgesprochenes wurde wirklich. Und die Wirklichkeit war brutal.

Der wirkliche Max hatte seit der ersten Nacht kein Wort mehr gesagt. Seit er mir gleich zwei Mal das Leben gerettet hatte. Und ich war undankbar und brüllte ihn an. Auf meine Frage, ob es noch schlimmer kommen könnte, hatte er »Ja« geantwortet und anschließend nichts mehr gesagt.

*Ja.*

Das war sein letztes Wort gewesen, weil er nicht wieder aufgewacht war. »Er ist nicht wieder aufgewacht.«

Ich schüttelte den Kopf.

»Sei still.«

Alles andere hatte ich mir eingebildet. Jedes Gespräch. Ich war ganz allein.

Ich wiegte mich vor und zurück. »Sei still.«

Ich war ganz allein und versuchte, nicht verrückt zu werden.

Erst hatte ich ihn über Bord geworfen, um mein eigenes Leben zu retten. Dann hatte ich ihn benutzt, die Erinnerung an ihn, das bisschen, was ich über ihn wusste, weil ich meine Einsamkeit nicht ertrug.

Und als das nicht mehr ging, als ich etwas von ihm brauchte, als ich seine Ansprache brauchte, hatte ich sein Tagebuch gelesen. Ich hatte sein Tagebuch gelesen und mir vorgestellt, er würde mir seine Geschichte erzählen. Und dabei wusste ich noch nicht einmal, wie sie ausging, würde es nie erfahren, weil ich die Gürteltasche verloren hatte, als ich über das Riff gespült wurde.

Max hatte wahrscheinlich nicht einmal meinen Namen gekannt. Er war in einem Rettungsfloß gestorben, bei einem fremden, selbstsüchtigen Mädchen, das seine Leiche über Bord kippte, um sich selbst zu retten.

In Wirklichkeit war ich ganz allein. Die ganze Zeit war ich ganz allein gewesen.

Und wie weit war ich damit gekommen?

Ich war ein hungriges, durstiges, blutendes Häufchen Elend mit nur einem gesunden Auge.

Es gab niemanden, der mich dazu bringen konnte, in dieses Wasser zu gehen, außer mir selbst. Und ich war viel zu feige. Nicht mutig genug, um mein eigenes Leben zu retten.

Nicht mutig genug.

Wirklich nicht?

# ACHTUNDVIERZIG

Tränen nahmen mir die Sicht, und ich schluchzte so heftig, dass ich Bauchschmerzen bekam. Ich wischte mir über die Augen und zuckte vor Schmerz zusammen, als ich das linke berührte. Ich setzte mich auf.

Der gelbe Anzug war immer noch da draußen, etwa fünfzig Meter vom Strand entfernt.

Ich nahm einen tiefen Atemzug, der wie ein gequältes Beben ausfiel.

Ich stand auf, watete ins Wasser, mit der rechten Seite nach vorn, damit ich sehen konnte. Ich ging weiter hinein. Bis zu den Knöcheln, dann zu den Schienbeinen, den Knien und der Taille. Der Anzug war immer noch weit weg. Ich hielt den Blick aufs Wasser gesenkt.

Ein Blutstropfen hatte sich von meiner Nase gelöst, für einen Moment ein dunkler Fleck, der sich rasch auflöste und verschwand. Mit dem nächsten geschah das Gleiche, dann zog ich mein Top aus und hielt es mir an die Nase.

Ein zögernder Schritt nach vorn, Pause … noch ein Schritt, Pause … ich ging weiter.

Als mir das Wasser bis zur Brust reichte, hatte ich den Anzug fast erreicht.

Links von mir spürte ich eine Bewegung und musste den Kopf ganz herumdrehen, um nachzusehen.

Nichts.

Trotzdem tauchte das Wort in meinem Kopf auf.

*Monster.*

»Lass das.«

Mein rascher, flacher Atem gab den Takt an, mein Herz pochte bis in die Ohren.

*Wusch wusch wusch.*

Der Anzug war nur noch einen Schritt entfernt.

*Wusch wusch wusch.*

Hier draußen war das Wasser ein bisschen trüb. Ich konnte nicht genau erkennen, wie tief es war. Aber ich musste nur noch ein kleines bisschen weiter, nicht einmal einen ganzen Schritt.

Ich ballte die Fäuste.

*Wusch wusch wusch.*

Vielleicht bedeutete der Anzug Rettung. Erlösung. Von dieser Insel wegzukommen.

Ich wagte den Schritt.

Der Boden fiel ab und ich ging unter, strampelte, bis ich prustend wieder auftauchte. Ich holte aus und berührte den Anzug mit einer Hand. Zuerst zuckte ich zurück, dann wurde mir klar, dass ich ihn als Schwimmhilfe benutzen konnte. Mit einer Hand hielt ich mich fest und richtete mich auf. Ich packte den Arm fester, bemüht, nicht daran zu denken, wozu er gehörte, und strampelte mit den Beinen Richtung Ufer.

Wieder spürte ich etwas, diesmal auf meiner rechten Seite.

Nichts.

Wieder tauchte das Wort in meinem Kopf auf.

*Monster.*

Zusammen mit den Wellen kam ich gut voran, sodass ich den Grund bald wieder berührte und waten konnte. Ich atmete erleichtert auf, als mir das Wasser endlich nur noch knapp über die Taille reichte.

»Gleich geschafft.«

Mit einer Hand zerrte ich den Anzug hinter mir her, während ich mich durchs Wasser kämpfte.

Dann wurde ich plötzlich zurückgerissen und der Anzug rutschte mir aus der Hand. Ich kehrte dem Ufer den Rücken zu, um wieder nach dem Anzug zu greifen, aber er war weg. Nirgendwo zu sehen.

Ich erstarrte und hielt die Luft an.

*Blubb!*

Anderthalb Meter entfernt, weiter draußen, tauchte ein schwarzer Anzugstiefel auf. Das obere Ende drehte sich mir zu, ich sah Fleischfetzen und weiße, gezackte Knochensplitter.

Adrenalin explodierte in mir, und eine heiße Welle rauschte durch meinen Körper, während mein Herz so laut hämmerte, dass ich fürchtete, meine Ohren würden zerspringen.

Ein dunkler Schatten glitt durchs Wasser. Der Tigerhai tauchte auf und verschlang den Stiefel.

Und ich konnte nicht denken, weil es laut war und gar nicht aufhörte, laut zu sein. Es tat weh, tat in meinen Ohren weh und in meinem Kopf und in meinem Hirn.

Schreie.

Ich schrie und konnte nicht aufhören.

*Beweg dich!* Max. Max befahl mir, mich zu bewegen.

Nein, da war kein Max. Nicht mehr. Das war ich. Ich befahl mir selbst, mich zu bewegen.

*Robie, du musst dich bewegen.* Aber ich schaffte es nicht.

Und dann drehte ich mich zum Ufer um. Max stand am Wasserrand und winkte mir wild mit den Armen zu.

*Robie, wenn du dich nicht bewegst, bist du tot.*

Und das tat ich. Mich bewegen, nicht sterben. Aber jeden Moment …

*Das Monster …*

Und ich lief los …

*Packt mich …*

Platschte …

*Beißt mich …*

Kraulte …

*Zerrt mich zurück …*

Stolperte …

*Verschlingt mich wie die halbe Robbe …*

Meine Schreie wurden qualvoll, aber dabei immer noch so laut, dass sie den hämmernden Herzschlag in meinen Ohren fast übertönten.

Vom Strand aus winkte Max mir weiter zu, während ich durchs Wasser pflügte und nicht aufhörte zu kämpfen. Oder zu schreien.

Auch nicht, als ich den Strand erreichte, mich vom Wasser wegschleppte und wie ein zitternder Klumpen zu seinen Füßen zusammenbrach.

Ich stemmte mich hoch und blickte aufs Meer hinaus.

Der Hai war noch da, ein dunkler Schatten kreiste, wo der Anzug gewesen war. Auf der Suche nach der nächsten Mahlzeit.

»Du Monster!«, schrie ich. »Monster!« Meine Worte nur noch erstickte Schluchzer. »Mich kriegst du nicht! Mich kriegst du nicht …«

Und der Schatten näherte sich dem Ufer, kam immer näher, sehr viel näher, als ich es einem Hai dieser Größe jemals zugetraut hätte.

War ich irgendwo sicher?

Ich fing wieder an zu schreien, aber mein Schreien wurde zu einem Jammern und immer schwächer, bis ich mich leise wimmernd wieder fallen ließ und zu einer Kugel zusammenrollte, einer nassen und zitternden Kugel, die sich vor und zurück wiegte.

Max war nicht wirklich. Er war nie aufgewacht. Und ich hatte ihn aus dem Floß geworfen.

Ich bedauerte, dass ich es mir eingestanden hatte. Weil ich ihn jetzt brauchte. Ich brauchte ihn. Allein schaffte ich es nicht.

Also holte ich ihn zurück.

»Ich bin hier«, sagte er. Er setzte sich neben mich, nahm meinen Kopf und legte ihn in seinen Schoß. Ich brauchte ihn, um mich ein paar Augenblicke lang zu trösten.

Dann würde ich ihn gehen lassen.

# NEUNUNDVIERZIG

Max war immer noch da, als ich mein Auge öffnete.

Er war nicht wirklich. Mir war deutlich bewusst, dass ich ihn erfunden hatte. Ich hatte ihn erfunden, um mir selbst zu helfen.

Ich war aber auch nicht verrückt. Das glaubte ich jedenfalls.

Ich würde auf ihn zurückgreifen, wenn ich wirklich jemanden brauchte. Ich würde ihn mir einteilen.

Der Schatten im Wasser war weg. Das Monster war verschwunden.

Ich atmete auf.

Ich schwor mir, nie wieder einen Fuß in die Lagune zu setzen, stand auf und sah nach, ob es in meinen Gefäßen noch Reste gab. In einem reichte es für einen großen Schluck lauwarmen, schalen Wassers. Ich stürzte es hinunter und tippte an den Boden, um keinen Tropfen zu verschwenden.

Kein Wasser mehr.

Ich musste mich bewegen und stapfte zum anderen Ende der Insel. Als ich die Düne erreichte, lag Starbuck in der Sonne und schlief. Ich ließ mich etwa drei Meter entfernt in den Sand fallen und blieb immer noch schwer atmend liegen.

Ich flüsterte: »Ich wäre fast gestorben. Ich wäre fast von einem Hai gefressen worden.«

Ihre Augen blieben zu.

Ich redete in normaler Lautstärke weiter. »Starbuck, hast du gehört, was gerade passiert ist?«

Ich schüttelte den Kopf. »Ich rede mit einer Robbe.« Viel schlimmer war, dass ich auf eine Antwort wartete.

Und dann spürte ich, dass etwas in mir hochblubberte. Nicht noch mehr von den Schluchzern, aus denen meine Tränen entsprungen und gerade erst salzig auf meinen Wangen getrocknet waren. Ich konnte mich nicht beherrschen, als das Lachen explodierte, so lang und so heftig, dass ich mir den Bauch hielt, weil er schmerzte. »Oh mein Gott ...« Ich schnappte nach Luft. »Ich wäre fast von einem Hai gefressen worden ...« Und dann lachte ich weiter, bis meine Lippen brannten und meine Tränen befreit strömten und ich sogar wieder atmen konnte.

Ich drehte mich auf den Rücken und blickte nur noch zum blauen Himmel auf, legte eine Hand schützend über meine Augen und ließ das Lachen allmählich verklingen.

War ich übergeschnappt? Vielleicht hatte ich doch den Verstand verloren.

Vielleicht war ich auch so am Ende, dass meine Gefühle alle auf einmal hochkochten, sodass ich nicht mehr kontrollieren konnte, welches als nächstes aufkreuzen würde. Vielleicht waren mir Angst und Gram auch einfach ausgegangen.

Lachen war alles, was ich noch hatte.

Also holte ich tief Luft und ließ es raus.

Als der letzte Lacher endlich verklungen war, fühlte ich mich ausgelaugt, aber entspannt, sogar ruhig.

Verrückt.

Ein Kichern kam hoch und ließ sich nicht stoppen.

Aha. Ich hatte also doch den Verstand verloren.

Ich blieb eine Weile liegen, hielt neben Starbuck ein Schläfchen in der Sonne. Die Robbe war eindeutig dünner geworden, seit ich sie zum ersten Mal gesehen hatte. Ich nahm an, dass der kalte Entzug von der fetten Muttermilch für ihre Organe nicht leicht zu verkraften war. Seegurken und Algen waren ein magerer Ersatz. Ich hätte ihr gern geholfen, aber ich konnte mich nicht einmal selbst ernähren.

Die Sonne war zu heiß auf meiner Haut und ich kehrte langsam zu meinem Unterschlupf zurück.

Ich dachte daran, was ich in meinem Leben schon alles gegessen hatte. Wie viel Essen ich schon *verschwendet* hatte. Das Burger-Menü in Honolulu war auf der Straße gelandet. Damals hatte mir das nichts ausgemacht, jedenfalls nicht wirklich. Es hatte immer noch etwas zu essen gegeben. Immer.

Jetzt nicht mehr.

Ein Kloß steckte in meiner Kehle. Ich schluckte, um ihn loszuwerden, aber er blieb.

All die Mahlzeiten, die meine Mom für mich gekocht hatte. Meine Lieblingsspeisen. Ihr French Toast. Sie tunkte altes Brot in ein Gemisch aus geschlagenen Eiern und Vanille, briet die Scheiben in Butter, bestäubte sie dann mit Puderzucker und träufelte zum Schluss heißen Ahornsirup auf das Ganze.

Mein Kinn zitterte unwillkürlich.

Moms verrückte Pizza. Sie rührte einen Teig aus Vollkornweizenmehl in der Brotmaschine an, ließ ihn gehen, rollte ihn dann aus und belegte die Pizza mit Barbecuesauce, Schinken, gegrilltem Hühnchen, Käse und ein paar Tropfen Salatsauce.

Tränen traten in mein rechtes Auge und liefen meine Wange hinab.

Ich wischte sie mit dem Handrücken weg und seufzte. Ich griff nach dem Floß und zog es über mich. Alles war recht, um der brutalen Sonne zu entkommen.

*Klack! Klack! Klack!*

Einer der wenigen Albatrosse, die die Insel noch nicht verlassen hatten, war in einiger Entfernung stehen geblieben und warnte mich, ihm nicht zu nah zu kommen. Ich wusste es nicht genau, aber mir kam er männlich vor. »He, Kumpel, du bist zu mir gekommen.«

*Klack! Klack! Klack!*

»Du solltest wegfliegen. Hier gibt's nichts mehr für dich.«

Wenn er nicht bald aufbrach, würde er hier sterben. Wie so viele andere, deren Kadaver auf der Insel verstreut lagen. Ich versuchte, mich in seine missliche Lage zu versetzen. Wartet man darauf, dass die Eltern ein letztes Mal mit Nahrung auftauchen? Und wenn das so ist, wie lange wartet man? Hunger ist ein mächtiges Gefühl, das junge Albatrosse seit Ewigkeiten auf ihre erste Reise schickt. Aber wenn man einen Tag zu lange wartet, ist man zu schwach zum Fliegen.

Das konnte ich nachempfinden.

»Wann hast *du* zum letzten Mal was gegessen?«

Seine dunklen Augen blitzten und der leuchtend schwarze Schatten darunter ließ ihn klug aussehen. Sein neues Erwachsenengefieder wurde vom Wind zerzaust, ein letzter Rest seiner silbernen Babydaunen würde sich bald von seinem schneeweißen Kopf lösen. Er breitete die Flügel aus, stellte sich in den Wind und hob ein paar Meter vom Boden ab, um wenig später mit einem weiteren *Klack!* wieder zu landen.

»Siehst du? Du kannst doch fliegen. Du musst los.« Ich nickte. »Du musst los.«

Und vielleicht hatte er mich gehört, vielleicht hatte er verstanden, denn er breitete mit einem schrillen Schrei in den Himmel die Flügel aus, stellte sich in den Wind und flappte geschickt auf die Lagune hinaus.

Ich applaudierte. »Flieg, Kumpel. Flieg!«

Nach etwa fünfzig Metern wurde er langsamer und sank.

»Nein! Flieg weiter!«

Er landete im Wasser.

»Du musst die Flügel anlegen! Leg die Flügel an!«

Er schwamm dort draußen mit ausgebreiteten Flügeln.

Ich stöhnte. »Leg deine Flügel an. Du musst deine Flügel anlegen.«

Aber der Albatros hielt sie von sich, bis sie schwer wurden. Als sie mit den Spitzen das Wasser berührten, versuchte er, damit zu schlagen. Aber das schaffte er nicht, denn jetzt waren sie zu nass und zu schwer.

Ich bedeckte mein Gesicht mit den Händen.

Er konnte nicht fliegen. Deshalb würde er auf dem Wasser treiben, bis er von einem Hai entdeckt wurde oder einfach aufgab.

Verloren. Er war verloren.

Vielleicht war er nicht der Einzige.

Die Sonne machte sich bereit unterzugehen. Nach einem weiteren Tag ohne Essen. Ich war zu der Stelle zurückgekehrt, wo ich das Ei der Rußseeschwalbe entdeckt hatte, und sah, dass eine kleine Daunenkugel geschlüpft war. Ich hätte weitersuchen können, musste aber einsehen, dass es zu spät im Jahr war und das Küken vermutlich auch keine großen Überlebenschancen hatte.

Auf der Insel hielt sich noch eine Handvoll Albatrosse auf und noch ein paar andere Vögel, aber das war so ziemlich alles. Na ja, abgesehen von mir und Starbuck, wenn man alle lebenden Wesen zählen wollte.

Ich seufzte.

Alle gerade noch so lebenden Wesen.

Ich wusste, dass ich ziemlich lange ohne Essen durchhalten konnte. Aber nicht ohne Wasser. Ich kniff mir in den Handrücken und die Haut wurde nur langsam wieder straff.

»Hoffentlich regnet es bald.«

Ich sah die Sonne fast orangerot werden, während sie immer tiefer sank. Als sie hinter dem Horizont verschwand, erschien für den Bruchteil einer Sekunde ein grüner Streifen auf dem Wasser.

Ich jubelte. »Ein grüner Blitz!«

Wie viele Sonnenuntergänge hatte ich am Strand vor Clipper House beobachtet, in der Hoffnung, einen grünen Blitz zu sehen? So viele Leute hatten mir davon erzählt, aber ich hatte nie einen gesehen.

»Wird aber auch Zeit!«

Die Seefahrer hatten lange darauf bestanden, dass ein grüner Blitz gutes Wetter bedeutete, und ich erinnerte mich an ein englisches Sprichwort. Ich lächelte und zitierte es laut:

»Glimpse you ere the green ray, count the morrow a fine day.«

Während ich mir zuhörte, verschwand mein Lächeln. Denn das Letzte, was ich am folgenden Tag brauchte, an irgendeinem der folgenden Tage, war gutes Wetter.

Denn was ich wirklich brauchte, war Regen.

# FÜNFZIG

Nach einer weiteren Nacht wanderte ich langsam über den Strand, während die Sonne am immer noch wolkenlosen Himmel aufging. Ich musste von der Insel wegkommen, und da sich sonst niemand darum kümmerte, würde ich es allein tun müssen. Ich lief zur höchsten Düne, die Hölzer lagen immer noch da, wo ich sie gestapelt hatte. Ich schichtete sie aufeinander und baute ein Signalfeuer daraus.

Als ich einen anständigen Berg zusammengestellt hatte, steckte ich trockenes Gras aus Albatrosnestern als Zündmaterial dazwischen. Ein Funken, und wenn alles gut ging, würde der Stapel in Flammen aufgehen. Ich nahm die Suche nach Feuerzeugen wieder auf und war eine ganze Weile damit beschäftigt, jedes einzelne zu testen. Bei denjenigen, die nicht zündeten, schlug ich mit einem Stein den Kopf ab und goss die Flüssigkeit in eine leere Pepsi-Flasche, die ich zu zerknautscht und unförmig fand, um darin Wasser zu sammeln. Zumindest jetzt.

Bis zum Nachmittag war sie einen Zentimeter hoch gefüllt.

Ich seufzte.

So viel Arbeit für so wenig Ausbeute. Trotzdem kletterte ich wieder auf die Düne und legte die Flasche an einen sicheren Ort. Bereit. Ich war bereit. Wenn ich jemals ein Feuerzeug fand, das zündete. Oder ein Blitz meinen Stapel in Brand setzte.

Das war alles reine Spekulation und ich war mir dessen bewusst. Aber ich hatte wenigstens etwas getan.

Nach einem Schläfchen unter dem Floß, um der Sonne zu entkommen, kehrte ich zu meiner Strandsuche zurück.

Etwas Rotes fiel mir ins Auge und ich ging darauf zu, dann fing ich an zu laufen. Sofort wurde mir schwindelig und ich blieb stehen, beugte mich vor und legte die Hände auf die Knie. Ich blieb einen Moment lang so stehen, um zu verschnaufen, dann ging ich langsam zu dem Gegenstand.

Ich stieß ihn mit der Zehe an und grinste.

Der Weihnachtsmann. *Mein* Weihnachtsmann.

Ich hob ihn auf.

Als ich mit dem Floß über das Riff geschleudert wurde, hatte er darin gelegen. Er hatte es an Land geschafft. Aber was war mit allem anderen?

Welcher Gegenstand aus dem Floß würde mir am meisten nützen?

Wenn ich mir etwas aussuchen dürfte, würde ich mich für den Coastal Commander mit den Fackeln entscheiden. Und den Spiegel. Damit konnte man doch ein Feuer entzünden, oder nicht?

Genau, der Spiegel wäre großartig.

Während ich meinen Weg am Strand fortsetzte, fragte ich mich, wie lange der Nikolaus wohl dort gelegen hatte. Hatte ich in all dem Müll Dinge übersehen?

Dagegen half nur weitersuchen, und ich konzentrierte mich auf die Umgebung der Stelle, an der ich den Nikolaus gefunden hatte. Neuer Müll schien sich alle paar Stunden anzusammeln. Etwas Funkelndes fiel mir ins Auge.

»Boah.« Sie war aus waldgrünem Glas, ungefähr so groß wie ein Basketball und eingehüllt in ein grünes Fischernetz mit Muscheln. Ich hob die Fischerboje mühsam auf, denn sie war schwer. Jedenfalls für mich war sie schwer, weil ich so geschwächt war. Die Glaskugel stank nach verwestem Fisch und Moder.

Als ich sie drehte, um sie besser greifen zu können, bewegte sich Wasser im Inneren.

Ich beugte mich vor, legte die Kugel ab und rollte sie vorsichtig hin und her, auf der Suche nach einem Leck. Es gab keins. Das Wasser war innen. Die Kugel hatte so tief im Wasser gelegen, dass das Wasser wegen des Drucks durch das Glas gedrungen war. Ich lächelte. Eine intakte Glaskugel wie diese hatte ich bisher nur ein Mal gesehen und die war viel kleiner gewesen.

Als ich sie wieder aufhob und mich auf den Rückweg zum Floß machte, berührte mein Fuß etwas Weiches, das nachgab. Etwas, das sich nicht wie das übliche Treibgut anfühlte.

Ich machte für eine Sekunde mein Auge zu. »Bitte mach, dass es der Coastal Commander ist.«

Es war nicht der Coastal Commander. Aber etwas anderes.

Ich legte die Kugel vorsichtig in den Sand und kniete mich neben Max' Gürteltasche.

Ich legte sie mir in den Schoß, öffnete die Schnalle und dann den Reißverschluss. Alles war noch so da, wie ich es hineingelegt hatte. Die Verladeliste. Die Karte mit den Überlebensstrategien. Und Max' Tagebuch.

Vielleicht hatte er mir doch noch etwas zu sagen.

# MAX

*In dem Sommer nach meinem Abschluss kaufte ich Karten für Taylor Swift. Brandy war total aufgeregt. Der einzige Haken war, ihre Mom zu überreden, dass Brandy mit mir hingehen durfte. Fast bis nach Boise, über zwei Stunden Fahrt. Ein Hotel kam gar nicht erst infrage.*

*Es kostete eine Menge Überzeugungsarbeit, aber Brandy überredete ihre Mom. Mit einem breiten Grinsen auf dem Gesicht stieg sie in meinen blauen Pick-up. Sie trug ihr dunkles Haar lang und offen. Sie hatte sich an den Spitzen Locken gemacht. Ihr Kleid war geblümt, die Füße steckten in Cowboystiefeln. Sie zog mich mit meinem Outfit auf, ich trug das Gleiche wie sonst auch: Jeans, T-Shirt von meiner Ringermannschaft und Nikes. Ich sagte: »Wenn ich neben dir stehe, wird mich sowieso niemand beachten.«*

*Sie küsste mich auf die Wange.*

*Während der Fahrt musste ich mir jeden Song von Taylor Swift auf Brandys iPod anhören. Nicht ganz mein Fall, aber ich sang genau wie Brandy mit, obwohl ich der Meinung war, dass ich nicht singen konnte. Sie machte mich so glücklich. Ich würde alles tun, um sie glücklich zu machen.*

*Die Fahrt dauerte ewig. Baustelle. Fahrbahn gesperrt. Ich fürchtete, dass wir zu spät kommen würden. Aber wir schafften es ziemlich früh zum Konzert, das total irre war, wegen der Leute. Die Musik wummerte. Wummerte laut. Meine Ohren klingelten, als wir danach in die Dunkelheit hinaustraten. Ich erinnere mich an Brandys Lachen. Ein Moment fast wie in Zeitlupe. Einer von diesen Momenten, die ewig zu dauern scheinen. Wie bei den Landesmeisterschaften, als ich verlor.*

*Alles wurde langsamer. Und ich weiß nicht, warum, aber ich zitterte.*

# EINUNDFÜNFZIG

Ich schluckte und legte das Notizbuch ab. Mit meinem einen Auge sah ich Sprenkel. Ich würde mir den Rest für später aufheben müssen.

Ich nahm die anderen Sachen aus der Tasche und legte sie in den Sand. Ich spekulierte auf ein verborgenes Skittle und steckte meine Hand hinein. Da war eine Beule.

Ein Blick ins Innere zeigte mir, dass die Tasche leer war. Ich drehte die Innenseite nach außen und bemerkte einen feinen Riss im Futter. Ich fuhr mit den Fingern daran entlang und folgte der Beule, steckte dann einen Finger hinein und ertastete mit der Kuppe etwas Festes.

Für einen Moment hielt ich den Atem an.

Und dann atmete ich aus, befahl mir, nicht zu viel zu erwarten. Die Chance, dass da irgendwas von größerer Tragweite drin war, etwas, das mir nützen konnte, war lächerlich gering.

Während ich mir das sagte, wusste ich aber schon, dass ich das Futter herausreißen würde, um dranzukommen, was auch immer da drin war. Weil ich doch noch Hoffnung hatte. Sie wurde weniger, war aber noch da.

Vorsichtig riss ich an dem Futter, bis ich hineingreifen konnte. Ich ertastete einen festen Gegenstand, ungefähr zehn Zentimeter lang, und als ich ihn dann herauszog, sah ich den roten Deckel einer gelben Tube. Mein Gesicht verzog sich, weil ich die Tränen nicht zurückhalten konnte.

*Endlich. Endlich.*

*Mein silberner Fallschirm.*

Carmex. Eine Tube mit Carmex-Lippenbalsam.

Ich küsste sie und barg sie für einen Moment an meiner Brust, dankte Max, dem lieben Gott oder wem auch immer, dass er die Gürteltasche an den Strand gelegt hatte. Und dann nahm ich mühelos den Deckel ab, inhalierte den Geruch nach Kampfer und Menthol und schmierte den warmen Balsam auf meine Lippen.

Mein Lächeln war so breit, dass ich noch einmal mit Carmex nachbessern musste. Die Erleichterung war so wohltuend und unmittelbar, dass ich nicht aufhören konnte zu lächeln.

Mit einem Finger tupfte ich mir etwas Balsam auf die Nase. Ich konnte nicht glauben, wie es möglich war, dass ich das Carmex so lange übersehen hatte. Es musste doch von Anfang an da gewesen sein, oder etwa nicht?

Ich achtete darauf, dass kein Sand in die Tube kam, drehte sie wieder zu und vergrub sie tief in meiner Hosentasche. Dann verstaute ich alles andere wieder in der Gürteltasche und trat den Rückweg zum Floß an.

Die Freude über meinen Fund versetzte mir einen kleinen Energiestoß. Ich machte einen Abstecher zum Strand, bis der Schub nachließ und ich in den Sand plumpste, um mich auszuruhen. Einige Feuerzeuge befanden sich in meiner Reichweite, und ich benutzte einen angespülten Stock, um einige andere näher heranzuziehen, bis ich sie greifen konnte. Ich hatte schon etliche gefunden, als mir eines ins Auge fiel. Zuerst sah ich gar nicht, dass es ein Feuerzeug war, denn es unterschied sich von den anderen. Es war mit dem Porträt von Marilyn Monroe bedruckt. Ich steckte es zu dem Lippenbalsam in meine Hosentasche. Als ich mich ausgeruht fühlte, stand ich auf und ging weiter.

Ich bog um die Kurve zu dem Strand, an dem ich angespült worden war, und sah ein Albatrosweibchen am Ufer stehen. Es schlug mit den Flügeln, hob ein bisschen ab und landete dann wieder.

»Du musst aufbrechen, sonst schaffst du es nicht mehr.«

Da ich nicht noch einem Tier beim Sterben zusehen wollte, lief ich weiter. Mein Magen knurrte. Ich drehte mich um. Das Weibchen klapperte mit dem Schnabel, machte aber keine Anstalten, wegzufliegen.

Es würde sterben, ganz einfach. Und wenn ich nicht bald etwas zu essen bekam, würde auch ich wahrscheinlich sterben.

Der Spruch von den Rettungsleuten kam mir in den Sinn: »Essen Sie alle Vögel, die sie fangen.«

Es würde sowieso sterben.

Ich ging langsam einen Schritt zu ihm zurück.

Konnte ich es fangen?

Ich trat noch einen langsamen Schritt näher und das Weibchen sah mich nur an.

Ich sollte es versuchen.

Mit neuer Energie, von der ich nicht wusste, wo sie herkam, rannte ich am Ufer auf das Tier zu, aber es flog mit einem raschen Flügelschlag über meinen Kopf hinweg und aufs Meer hinaus.

Ich wirbelte herum, zunächst enttäuscht, aber dann blickte ich ihm nach. Es flog fünfzig Meter und landete genau da, wo der andere Albatros auch gelandet war.

»Leg die Flügel an!«, schrie ich. »Du musst deine …«

Sehr akkurat faltete das Weibchen seine Flügel ein und blieb sitzen, ließ sich treiben.

»Flügel anlegen …«

Den ersten Test hatte es also bestanden.

Es saß eine Weile da.

Und dann sah ich eine Rückenflosse und stöhnte. Mit dem Albatrosweibchen war es aus.

»Flieg!«, schrie ich.

Es lief auf dem Wasser los und schlug mit den Flügeln.

»Schneller! Du musst schneller schlagen!«

Die Flosse hatte den Albatros fast erreicht, und der Kopf des Monsters schoss aus dem Wasser und schnappte genau in dem Moment zu, als der Gooney abhob und losflog.

Ich warf beide Arme in die Luft und rief: »Hurra!«

Und der Vogel schlug weiter mit den Schwingen, bis ich ihn nicht mehr sehen konnte.

Ich ließ mich im Sand auf den Hintern plumpsen und seufzte.

Vielleicht waren doch nicht alle auf dieser Insel verloren.

Vielleicht niemand außer mir.

# *ZWEIUNDFÜNFZIG*

Ich fand noch jede Menge Feuerzeuge und nahm sie mit auf die Düne zu meinem Signalfeuer. Ich probierte jedes einzelne aus, bevor ich es aufbrach und den Inhalt über den Zunder schüttete.

Dann hörte ich Starbuck knurren. Als ich an der Düne ankam, sah ich die Robbe im Wasser, direkt am Ufer. Ich rannte auf sie zu und blieb in einiger Entfernung stehen, um sie nicht zu erschrecken.

»Oh nein …«

Sie hatte sich in einem hellblauen Plastiknetz verfangen. Ich trat nur ungern näher an sie heran, weil sie Angst bekommen würde, aber bei genauerer Betrachtung erkannte ich, dass sie ganz mit dem Netz umwickelt war. Sie war vermutlich direkt in ein Bündel Treibgut geschwommen und hatte sich darin verheddert.

Eine Flosse war frei, und Starbuck stieß sich damit ab, um zum Strand zu gelangen, kam aber nicht vom Fleck.

Ich wollte ihr so gerne helfen, wusste aber nicht, wie.

*Nicht noch einmal.*

Ich setzte mich und beobachtete ihren Kampf. Sie war ein kleines Stück weiter aus dem Wasser gekommen, ohne sich dabei aber aus dem Netz zu befreien.

Vielleicht konnte ich von hinten an sie herankommen, ohne dass sie mich sah, und das Netz lockern.

*Dazu musst du ins Wasser.*

Ich wartete, bis Starbuck nicht mehr in meine Richtung sah, dann rannte ich ins Wasser, nur bis zu den Knien, und versuchte, dabei nicht zu spritzen. Immer wieder schaute ich mich um und achtete auf Schatten unter der Oberfläche.

Das Netz hing so fest, dass ich an der Rückenflosse meine Hand kaum darunterschieben konnte. Unter meiner Berührung zuckte Starbuck zusammen und wollte den Kopf drehen, um mich zu sehen, aber sie war so fest umwickelt, dass es ihr nicht gelang. Vermutlich hatte sie sofort gezappelt, als sie in das Netz geraten war, und es dabei nur fester zusammengezogen.

Ich gab die Rückenflosse auf und wandte mich ihrem Hinterteil zu. Dort war das Netz noch enger und ich konnte nicht mal einen Finger dazwischenschieben.

Sie kämpfte, um an den Strand zu kommen. Ich brauchte etwas, um das Netz zu zerschneiden.

Ich platschte aus dem Wasser und Richtung Floß, musste aber auf halber Strecke anhalten und mich setzen, weil ich so erschöpft war. In der Nähe des Floßes lag ein großer Haufen Treibgut, in dem ich nach Feuerzeugen gesucht hatte. Vielleicht würde ich dort auch etwas Scharfkantiges finden. Scharf genug, um das Netz zu zerschneiden.

Mit einem Stock wühlte ich darin. Ich drehte ein Brett um und hielt inne. Ich wischte mir den Schweiß von der Stirn und beugte mich vor. Mit zwei Fingern pulte ich einen Gegenstand heraus, der wie ein Messer aussah.

Es war nur ein Stück rostiges Metall, seltsam gezackt an einer Seite, aber man konnte bestimmt damit schneiden. Ich fand nichts Besseres, deshalb nahm ich es und kehrte zu Starbuck zurück.

Sie hatte es ein bisschen weiter aus dem Wasser geschafft. Ohne mich um ihre Drohlaute zu kümmern, platschte ich von hinten an sie heran, schob mein Messer zwischen das Netz und ihre Flosse und fing vorsichtig an zu sägen, um sie nicht zu verletzen. Glücklicherweise hing sie so fest, dass sie mir mit dem Kopf nicht nah genug kam, um mich zu beißen.

Das Plastik war zäh, aber an einer Stelle konnte ich es durchschneiden. Die Arbeit brachte mich ins Schwitzen, und ich musste innehalten und mir die Stirn abwischen und verschnaufen. Schließlich hatte ich ihre Flosse befreit.

Ihr übriger Körper war jedoch immer noch hoffnungslos umwickelt, und jetzt versuchte sie nicht nur, sich zu befreien, sondern auch, von mir wegzukommen.

Mit möglichst sanfter Stimme sagte ich: »Ich will dir helfen. Ich will dir helfen.«

Trotz ihres lautstarken Protests ging ich um sie herum, versperrte ihr den Weg zum Strand und machte mich daran, das Netz auf ihrem Rücken zu zersägen. Und da hörte sie auf zu protestieren. Und zu zappeln.

Ich sägte nicht mehr weiter und trat zurück, um Starbuck mit meinem gesunden Auge vollständig zu sehen.

Ihr Kopf dümpelte im Wasser.

Das hellblaue Plastik lag in einer Schlaufe um ihren Hals, wo es sie würgte, und indem ich es am Rücken löste, hatte sie es mit ihrer Abwehr nur fester zugezogen.

»Nein!«

Ich stieß sie an. »Starbuck!«

Sie rührte sich nicht.

Sie war tot.

Ich trat zurück, bis ich den Strand unter meinen Füßen spürte, dann sank ich auf die Knie. »Nicht noch einmal. Nicht noch einmal. Nicht noch einmal!« Ich schleuderte das Messer von mir.

Die Wellen schoben sie sanft an Land.

Jetzt gab es nur noch mich.

Mein leerer Magen zog sich zusammen. Und eine absolut undenkbare Idee bahnte sich einen Weg in mein Hirn.

Ich schüttelte den Kopf. Nein, das würde ich nicht tun.

Um den Gedanken loszuwerden, stand ich auf und rannte,

rannte vor Starbuck weg, die tot am Strand lag. Ich rannte, rannte zum Floß zurück, wo ich mich in den Sand warf.

Mir war schwindelig, und ich konnte kaum atmen und lag da, bis mein Herz aufhörte zu hämmern.

Meine Lippen waren wieder ausgetrocknet. Ich wollte das Carmex aus der Tasche holen, aber meine Finger legten sich um etwas anderes. Ich zog das Marilyn-Monroe Feuerzeug heraus.

Mehr aus Gewohnheit als aus Hoffnung schnippte ich mit meinem Daumen an dem Rädchen.

Ein Funke blitzte auf.

Zuerst wäre mir das Feuerzeug fast aus der Hand gefallen, aber das konnte ich gerade noch verhindern. Aus Angst, dass es nicht noch einmal zünden würde, hielt ich die Luft an und schnippte wieder.

Noch ein winziger Funke.

Ich atmete aus. »Bitte, bitte, bitte.« Ich sah zum Himmel auf. »Aller guten Dinge sind drei, hab ich recht?« Meine Hand zitterte, deshalb hielt ich sie mit der anderen am Gelenk fest, um sie daran zu hindern.

»Mach schon.«

Mein Daumen schnippte an dem Rad, und eine Flamme tauchte auf, schwankend, aber ohne auszugehen. Ich ließ sie einen Moment brennen und dann ausgehen.

Ich hob das Feuerzeug an meine Lippen und küsste Marilyn Monroe.

*Ich habe Feuer. Ich habe Feuer.*

# DREIUNDFÜNFZIG

Plötzlich kam mir meine undenkbare Idee vom Strand nicht mehr so undenkbar vor. Wenn ich mich retten wollte, musste ich egoistisch sein. Das hatte ich schließlich schon einmal geschafft – oder etwa nicht? –, als ich Max ins Wasser stieß, um mich zu retten. Aber er war tot gewesen. Ich hatte ihn nicht umgebracht. Ein feiner Unterschied, ja, aber ich musste damit leben, wenn ich … nun ja … überleben wollte.

Starbuck war tot. Ich würde sie nicht dem Monster überlassen. Ich hatte sie nötiger.

Vielleicht war ich es nicht wert. Vielleicht war mein Leben weniger wert als das von Max. Vielleicht war mein Leben nicht so viel wert wie das von Starbuck. Aber wenn das so war, warum lebte ich dann noch?

Ihr Sterben wäre wertlos, bedeutungslos, wenn ich es nicht schaffte. Max hatte mich gerettet. Er hatte mir eine Chance zum Überleben gegeben. Und wenn ich diese Chance nicht ergreifen und losrennen würde …

Ich ging zum Ufer, blickte aufs Wasser hinaus und dachte nach. Etwas weiter hinten am Strand fiel mir etwas auf.

Eine riesige grüne Meeresschildkröte, fast so groß wie eine Tischplatte, war an den Strand gekrochen, lag da und sonnte sich.

Mein Blick fiel auf die Henna-Schildkröte an meinem Knöchel. Ich beugte mich vor und strich mit der Hand darüber. Das Tattoo sah wunderbar aus, der einzige Teil von mir, der völlig unbeschadet aussah. Mein Aumakua.

Die Meeresschildkröte lag da, zufrieden.

Ein Zeichen?

Ich zuckte mit den Schultern. Vielleicht. Es war genau das, was ich darin sehen wollte.

Zum Floß zurückgekehrt, steckte ich das Lippenbalsam und das Feuerzeug in Max' Gürteltasche und wickelte mir den Gurt um den Arm. Der Ausflug zu Starbuck dauerte eine Weile. Ich musste drei Pausen einlegen, um Kraft zu schöpfen. Als ich ankam, fand ich mein provisorisches Messer und blieb mit klopfendem Herzen über Starbuck stehen.

Ich schüttelte den Kopf.

*Nicht Starbuck. Nicht sie.*

Ich wollte um Vergebung bitten. Stattdessen fing ich an zu heulen und sagte: »Ich will leben. Ich will doch nur leben. Das verstehst du bestimmt, nicht war?«

Und ich schnitt ein Stück Fleisch heraus, spießte es mit einem Ende meines Messers auf und machte mich damit auf den Weg zu meinem Signalfeuer.

Mir wurde schwindelig und ich blieb stehen, beugte mich vor, um eine Hand auf mein Knie zu legen und mich auszuruhen. »Keine Eile.«

Ich blickte zum höchsten Punkt der Düne. War der immer so weit weg gewesen?

Ich brauchte noch eine Pause, bevor ich den Fuß der Düne erreichte, und dann konnte ich mich nur auf alle viere fallen lassen und hinaufkriechen.

Auf den Knien neben dem Signalfeuer streckte ich die Hand mit dem Feuerzeug von mir. »Bitte geh an. Bitte, bitte geh an.«

Die andere Hand hielt ich schützend hinter das trockene Gras, schnippte an dem Rad und der Zunder sprühte Funken. Eine leichte Brise blies hindurch, entzündete das Feuer und bald darauf stand mein Holzhaufen in Flammen, der Rauch stieg mir in die Nase. Aber ich drehte den Kopf nicht weg. Es roch einfach so gut.

Ich konnte nicht jubeln. Ich hatte keine Kraft mehr dazu.

Das Feuer wurde schnell größer.

Ich legte die Gürteltasche beiseite, setzte mich und sah den Flammen zu. Dann stand ich auf und hielt das beschwerte Ende meines Messers über die Glut.

Das Fleisch zischte im Feuer. Ich stellte mir vor, wie ich es zerkaute, schluckte.

Und dann ließ ich es fallen.

»Max?«

Er war da und ich legte meinen Kopf in seinen Schoß und starrte ins Feuer.

»Ich will gar nicht unbedingt leben«, erklärte ich ihm. »Nicht so unbedingt.«

Gemeinsam sahen wir das Feuer größer und größer werden, bis die Flammen hochschlugen und der Rauch in den klaren blauen Himmel stieg.

Und er erzählte mir mehr.

# MAX

*Wir hatten die Rückfahrt zur Hälfte hinter uns, natürlich plärrte Taylor Swift, als Brandy an meiner Schulter einschlief. Ich fuhr gerade auf dem kurvigen Teil der Strecke und Brandy rutschte immer ab. Das sah so unbequem aus, dass ich sie anstieß und ihr sagte, sie solle sich ans Fenster anlehnen und meine Jacke als Kissen benutzen.*

*Ihr Sicherheitsgurt schnappte auf, als ich mich wieder der Straße zuwandte und eine Antilope im Licht meiner Scheinwerfer sah.*

*Ich versuchte auszuweichen und trat auf die Bremse. Die Antilope rammte ich trotzdem. Wir schleuderten auf die gesperrte Fahrbahn der Baustelle zu. Die Reifen quietschten und Brandy schrie auf. Ich streckte eine Hand aus, um sie zu schützen, als ich die Kontrolle verlor. Die Windschutzscheibe zerbrach. Wir überschlugen uns.*

*Die Decke des Pick-ups war unten und dann wieder oben, Metall krachte. Ich weiß nicht, ob ich schrie. Ich erinnere mich nicht.*

*Dann kamen wir zum Stehen, kippten auf die Seite. Der Pick-up kippte noch einmal zurück, die Decke war wieder unten. Der Motor war aus. Taylor Swift sang weiter und die Beleuchtung am Armaturenbrett blieb an. Ich roch Benzin. Und hörte Wasser.*

*Mit dem Kopf nach unten im Sicherheitsgurt, fühlte ich abwärts und spürte Wasser. Wir waren verkehrt herum in einem Bach gelandet.*

*Brandy sagte nichts. Ich tastete nach ihr. Ich konnte sie nicht finden. Mein Kopf steckte fest, deshalb konnte ich nicht nach ihr sehen. Ich griff nach oben und öffnete meinen Gurt. Ich fiel auf die Decke und rollte mich in Brandys Richtung, während ich den Kopf über dem ansteigenden Wasser zu halten versuchte.*

*Brandy war nicht da.*

*Ich kroch durch die zerbrochene Windschutzscheibe nach draußen. Später hatte ich starke Schmerzen, aber in dem Moment brüllte ich wieder und immer wieder ihren Namen. Ich schleppte mich vom Pick-up weg, knietief im Wasser, und schaffte es bis zur Straße.*

*Brandy war durch die Windschutzscheibe geschleudert worden, als wir uns überschlugen, und liegen geblieben, gleich neben der Straße.*

*Ich rannte zu ihr, warf mich neben sie. Schrie ihren Namen.*

Oh Gott.

*Ihr Hals war absurd verdreht und ich nahm ihre Hand und legte sie an meine Brust.*

*Ich schrie um Hilfe. Wir waren mitten im Nirgendwo. In der vergangenen Stunde waren wir einem einzigen Auto begegnet. Ich zog mein Handy aus der Tasche. Meine Hände zitterten so sehr, dass ich die Ziffern kaum tippen konnte. Ich wartete, dass der Notruf antwortete.*

*Eine Frauenstimme. Sie hörte nicht auf zu fragen. Ich hörte nicht auf zu antworten.*

*Wir waren weit draußen. Sie würde Hilfe schicken, aber das würde lange dauern. Zu lange. Sie sagte mir, ich solle dranbleiben.*

*Brandy bewegte sich nicht.*

*Ich wusste es schon. Trotzdem legte ich meinen Kopf an ihre Brust. Kein Herzschlag.*

*Ich wusste es schon. Trotzdem hielt ich ihr eine Hand vor Mund und Nase. Kein Atem.*

*Mit einer Hand berührte ich ihre Wange. Warm und klebrig.*

*Ich nahm sie in die Arme und fing an zu schaukeln, während ich schluchzend mein Gesicht in ihrem Haar barg, an ihrem Haar roch. Wie konnte sie tot sein, wo sie doch noch so gut roch? Ich glättete ihr das Haar, legte es über ihre Schultern, so, wie sie es mochte. Es war so weich. So weich.*

*Ich hörte ein Geräusch.*

*Die Antilope, die ich angefahren hatte, lag auf der Straße, etwa zehn Meter von mir entfernt. Eine zweite, eine mit Hörnern, stand davor und blickte auf sie hinab. Dann sah der Bock zu mir, wie ich da auf der Straße hockte und meine tote Freundin im Arm hielt.*

*Die Nacht in den Bergen war so kalt, dass aus seiner Nase Atemwolken aufstiegen. Er stand reglos da und starrte mich an.*

*Ich musste ihm nicht sagen, dass es besser war, nicht zu lieben. Niemals.*

# VIERUNDFÜNFZIG

»Das tut mir leid, Max«, sagte ich und fing an zu weinen. Aber als ich mir die Tränen abwischen wollte, waren da keine. Mein Gesicht war trocken.

Ein paar Seiten lagen noch vor mir, aber ich war so müde, dass ich nicht mehr geradeaus schauen konnte. Ich legte mich auf die Seite und schlief ein.

Als ich aufwachte, war ich immer noch müde. So müde.

Meine Kehle war so trocken, dass ich kaum schlucken konnte.

Ich drehte mich auf den Rücken und sah zum Himmel auf. Wolkenlos. Immer noch.

Früher war Blau meine Lieblingsfarbe gewesen. Jetzt hasste ich sie.

Wann hatte ich zuletzt etwas getrunken?

Vor Tagen, das letzte Wasser aus meiner improvisierten Schale.

Wann hatte ich zuletzt das Bedürfnis gehabt, zu pinkeln?

Ich konnte mich nicht erinnern.

Ich leckte mir die Lippen. So spröde. Ich nahm den Lippenbalsam und cremte sie ein.

Ich sah zu, wie die Rauchspirale im Wind verwehte.

Max sagte: »Du darfst das Feuer nicht ausgehen lassen.«

Ich betrachtete den kleinen Haufen mit den Hölzern, nur ein paar Schritte neben mir. »Ich bin zu müde.«

»Du musst aber.«

Ich erhob mich auf Hände und Knie und kroch zu dem Holzstapel. Ich nahm ein Stück in jede Hand und kroch zurück, dann warf ich sie ins Feuer, das schnell aufloderte.

Ich ließ mich wieder auf den Rücken fallen und starrte in das Blau über mir.

*Wenn ich hier wegkomme …*

»… werde ich …«

*Was?*

*… werde ich mit meinem Leben zufrieden sein. Ich werde glücklich sein, weil ich Glück habe. Ich habe Glück, denn ich habe ein Haus und Nahrung und Wasser und Eltern, die mich lieben …*

»Das habe ich aber alles gar nicht.«

*Ich habe überhaupt kein Glück. Nicht mehr.*

Mein Gesicht verzerrte sich und ich schluchzte unsichtbare Tränen. Unsichtbare Tränen, die ein Zeichen waren.

Ich bedeckte mein Gesicht mit den Armen. »Ich werde es nicht schaffen. Werde ich nicht.«

Würden meine Eltern jemals erfahren, was mit mir passiert war?

Würde es *irgendjemand* erfahren?

Ich drehte mich auf die Seite. Der Kadaver eines Albatros lag ganz in meiner Nähe, am Skelett hingen noch Federn. Vielleicht würde ich auch so enden. Vielleicht würde es Jahre dauern, bis irgendwer über meine Leiche stolperte. Vielleicht, falls mich überhaupt jemand fand, würde niemand sagen können, wer ich eigentlich war.

Ich legte meine Hände zusammen und betete.

Betete ich wirklich? Nicht so ganz. Als ich klein war, hatte ich jeden Abend mein Nachtgebet gesprochen. Aber als sich niemand mehr darum kümmerte, weil ich größer geworden war, weil Mom und Dad mich nicht mehr ins Bett brachten, hatte ich damit aufgehört.

Auf Midway gab es auch gar keine Kirche. Wir hatten aber ein weißes Kreuz, an einem Ende der Insel, über der Lagune. Mit einer Metalltafel, auf der stand, dass das Kreuz hundertvierzig

Meilen von der internationalen Datumsgrenze entfernt war und dass dort traditionell jedes Jahr bei Sonnenaufgang der letzte Ostergottesdienst abgehalten wurde.

Jedes Jahr versammelten sich die Bewohner von Midway an Ostern bei Sonnenaufgang am Kreuz. Manchmal las jemand aus der Bibel oder hielt eine kleine Ansprache. Meistens sangen wir ein Kirchenlied.

In diesem Jahr hatte ich verschlafen.

Ich schob meine Hände unter den Kopf und schloss mein Auge.

Ich könnte mit Gott verhandeln. Taten die Leute das nicht in solchen Situationen?

»Lieber Gott …« Ich brach ab.

Jetzt zu beten, wenn ich etwas wirklich dringend brauchte, fand ich ein bisschen zu spät. Außerdem würde Gott, wenn er wirklich da oben war, seine eigenen Entscheidungen treffen. Ehrlich gesagt fehlte mir einfach die Kraft, mich an ihn zu wenden.

Ich hoffte, dass ich bald einschlafen würde.

# FÜNFUNDFÜNFZIG

Ich träumte von Katzen. Sie fauchten. Dann Schlangen. Sie zischten.

Das Fauchen und Zischen kam mir so real vor.

Mein Gesicht fühlte sich irgendwie feucht an.

Ich schlug mein Auge auf. Mein Gesicht *war* nass.

Der Himmel war bewölkt und es *regnete.*

Ich setzte mich auf und hielt meinen offenen Mund in den Himmel. Nur Tropfen, kaum genug, um meine Lippen zu befeuchten.

Nach einer Weile wurde mein Nacken steif und ich sah wieder nach unten.

Dampf. Mein Feuer dampfte.

»Nein!« Ich stürzte vor und packte das Ende eines Stock aus dem Feuer. Ich fing an, in den verkohlten Resten zu stochern. »Komm schon, komm doch!« Aber da waren keine Flammen mehr und das Holz war ganz nass.

Ich blickte zum Himmel auf, zu den dunklen Wolken, die gen Osten weiterzogen.

Wieso hatte ich den Regen nicht bemerkt?

Meine Haare waren feucht. Ich steckte mir eine Strähne in den Mund und saugte daran, um so viel Feuchtigkeit wie möglich zu bekommen. Ich befühlte mein Top. Auch feucht. Panisch zog ich es über meinen Kopf, rollte es zusammen und versuchte, so viel wie möglich über meinem offenen Mund auszuwringen.

Nicht genug. Nicht genug.

Ich schlang die Arme um meinen Körper und weinte noch

mehr trockene Tränen. Es hatte geregnet, genug, um mein Feuer zu löschen. Aber nicht genug für mich zum Trinken.

Ich sparte mir die Mühe, mein Top wieder anzuziehen, und ließ mich einfach auf die Seite fallen. Mit dem Gesicht im Sand sah ich zu, wie zum letzten Mal ein bisschen Dampf aus dem Feuer aufstieg.

Das Signalfeuer. Das Feuer hatte mein Leben retten sollen.

Plötzlich war mir kalt. Ich zog mein Top wieder an und blickte mich nach meinem Hoodie um. Mein Blick schweifte zum Horizont.

Dann schnappte ich nach Luft.

Ein weißes Schiff mit einer blauen Schrift, direkt vor mir.

*War es wirklich da? War es nur ein Trugbild?*

*Eine Halluzination, ausgelöst durch Dehydrierung?*

Ich erstarrte. Wenn es eine Halluzination war, würde ich sterben. Vor Enttäuschung sterben.

Also sagte ich mir, dass es wirklich war. Und setzte mich und wartete, um herauszufinden, ob ich recht hatte.

# SECHSUNDFÜNFZIG

Mein eingebildetes Schiff rührte sich nicht, es blieb einfach da. Draußen auf dem Meer verankert. Ich konnte die blauen Buchstaben nicht lesen, hatte aber genug gesehen, um zu wissen, dass es ein NOAA-Schiff war.

Ich wusste, was NOAA hieß. National Oceanic und … und was auch immer …

Ich tippte mir an die Stirn. »Du weißt es.« Ich konnte nicht klar denken. Seltsam, dass ich mir ein NOAA-Schiff einbildete. Küstenwache wäre logischer gewesen, um mich zu retten.

Ich setzte mich auf.

Die Küstenwache wäre sehr viel logischer gewesen. Und eine Halluzination war doch auch einleuchtend, oder? Etwas aus meiner Fantasie. Etwas, was ich sehen wollte. Wie die Küstenwache. Ein NOAA-Schiff war einfach idiotisch.

Oben auf der Düne umschlang ich meine Knie und wartete. Ein Boot wurde zu Wasser gelassen. Und kam auf die Insel zu.

*Es ist eine Halluzination.*

Max stand am Fuß der Düne und blickte zu mir hoch. »Es ist keine Halluzination.«

»Dabei bist du doch eine«, sagte ich zu ihm.

Das Boot kam näher. *Sag, dass es echt ist, sag doch, dass es echt ist.* Hatten sie mein Feuer gesehen?

Das Boot erreichte den Teil der Insel, der am weitesten von mir entfernt war. Wenn es eine Halluzination war, würde ich sie dann nicht in meiner Nähe an Land kommen lassen, weil das bequemer war? Zwei Leute sprangen raus und zogen das Boot auf den Strand, dann stiegen noch mehr Leute aus. Sie standen bloß herum.

Wenn es eine Halluzination war, würden sie dann nicht direkt auf mich zukommen?

Vielleicht waren sie tatsächlich wirklich.

Ich stand auf. Meine Beine gaben nach, und ich rollte die Düne hinab, bis ganz nach unten und Max vor die Füße. Ich konnte das Boot und die Leute nicht mehr sehen.

Weil es sie nicht gab.

Ich legte meinen Kopf auf die Arme, ich wollte nicht um die Düne herumlaufen. Ich wollte sie nicht sehen … die Leere.

Wenn das alles eine Halluzination war, wozu sollte ich mich dann anstrengen? Ich war erledigt.

»Es ist aber keine Halluzination.« Max hockte sich vor mich. »Robie, du musst das tun. Du musst zum Strand gehen.« Er trat ein Stück zurück. »Komm. Komm mit mir.«

Ich schüttelte den Kopf. »Ich kann nicht.«

Er brüllte mich fast an. »Doch. Du kannst.«

Ich erhob mich auf alle viere und kroch ein Stück, dann fiel ich nach vorn auf mein Gesicht. »Ich kann nicht.«

»Steh auf!« Er wich zurück und winkte mir.

Wieder auf den Knien, folgte ich ihm, bis ich die Düne fast umrundet hatte.

Er lief ein Stück vor und drehte sich nach mir um. »Nur noch ein kleines bisschen. Du schaffst das.«

Ich sah zu ihm auf. »Rettest du mich schon wieder?«

»Nein.« Er schüttelte den Kopf. »Das bist du ganz allein.«

Stöhnend senkte ich den Kopf und kroch, kroch, bis ich keine Kraft mehr hatte, und fiel dann um. Ich blickte auf und sah das Boot. Es war noch da. Die Leute auch.

Ich wollte rufen. Ich fand keine Worte mehr, nur Schreie.

Ich wollte mich wieder auf die Knie stemmen, fiel aber um.

Also drehte ich mich auf den Rücken, hob beide Arme in die Luft und schrie weiter, bis ich nicht mehr konnte. Ich schloss mein Auge.

*Bitte mach, dass das Schiff wirklich ist.*

Ich wusste nicht genau, wie viel Zeit vergangen war, als ich sie diskutieren hörte.

Eine Frauenstimme. »Wir müssen sie zum Schiff bringen.«

»Ich bin mir nicht sicher, ob es gut ist, sie zu transportieren.« Ein Mann.

»Wenn wir es nicht tun, sind ihre Überlebenschancen auch nicht besser.« Wieder die Frau.

Ein anderer Mann sagte: »Was in aller Welt macht sie hier draußen?«

Ich schlug mein Auge auf und sah zwei Gesichter, die sich über mich beugten. Das eine gehörte einer Frau mit freundlichen grünen Augen und roten, lockigen Haaren, das andere einem Mann mit einer blauen Baseballkappe und einem Pfeffer-und-Salz-Bart. Beide trugen blaue Hemden mit NOAA-Aufdruck.

Ich konnte nichts tun außer zu blinzeln. *Sind sie wirklich?*

Der Typ sagte: »Sie ist wach.« Er lächelte und berührte meinen Arm. »Es wird alles gut.« Er half mir, mich aufzusetzen, und er und die Frau stützten mich. Dann hielten sie mir eine Wasserflasche an die Lippen. Mit beiden Händen hielt ich sie fest und schluckte so schnell, dass mehr an meinem Kinn hinablief, als ich im Mund behielt.

Das Wasser konnte unmöglich eine Halluzination sein, denn ich hatte noch nie in meinem ganzen verfluchten Leben etwas so Kaltes und Klares und Köstliches geschmeckt.

Ich leerte die Flasche so schnell, dass meine Schläfen schmerzten. Ich kniff die Augen zu und presste meine Handflächen an die Stirn.

Der Typ mit der Kappe sagte: »Ich bin Brian. Wir sind von NOAA.«

Er redete so langsam. Hielt er mich für bescheuert oder was?

»Ihr habt mein Feuer gesehen.«

Er sah die Frau an und schüttelte den Kopf. »Nein. Wir sind auf Forschungstour und wollten nach der Insel sehen.« Er zuckte mit den Schultern. »Wir hätten beinahe nicht angehalten.«

Sie hatten mein Feuer nicht gesehen. Sie waren bloß zufällig vorbeigekommen. Auf meiner Insel.

Die Frau fragte nach meinem Namen.

Nach so viel Wasser klang meine Stimme immer noch rau. »Robie.«

»Nun, Robie, dann bringen wir dich mal zum Schiff, einverstanden?«

Ich nickte. »Aber Max …«

Die Frau runzelte die Stirn. »Hier ist noch jemand?«

Ich wollte etwas sagen, aber dann biss ich mir auf die Lippen und schüttelte den Kopf. »Nein. Niemand außer mir.«

Noch ein Typ tauchte auf. Seine Augen waren braun und nett und bekamen Fältchen in den Winkeln, wenn er lächelte. »Ich trage dich zum Boot.« Vorsichtig legte er einen Arm um mich und den anderen unter meine Beine, dann hob er mich hoch. Es fühlte sich so gut an, getragen zu werden. Ich wollte in seine Arme sinken und für immer dort bleiben. Er trat ins Wasser.

»Nein, nicht da rein, da ist ein Hai!« Ich zappelte, um runterzukommen, aber ich war zu schwach.

Er sagte: »Ist schon gut, wir sind gleich da«, und trug mich zum Boot. Eigentlich wollte ich nicht in ihr Boot, protestierte aber nicht, als er mich hineinsetzte. Sein weißes T-Shirt war schmutzig. Weil er mich getragen hatte?

Er kletterte hinein und legte eine glänzende silberne Decke um mich, dann ließ der andere Typ den Motor an und fuhr auf das NOAA-Schiff zu. Als wir uns auf den Wellen bewegten, fühlte sich das anders an als im Floß. Schneller natürlich. Aber auch entschlossener. Nicht nur getrieben.

Der Wind blies mir ins Gesicht, als ich eine zweite Flasche Wasser annahm.

Ich drehte mich um und blickte auf die Insel zurück. *Leb wohl, Starbuck.*

*Leb wohl, Max.*

Und dann wurde ich bewusstlos.

# SIEBENUNDFÜNFZIG

Etwas Weiches war unter meinem Kopf. Und etwas roch. Übel.

Mein rechter Handrücken brannte und juckte gleichzeitig. Ich tastete danach und fühlte Klebeband.

Ich schlug die Augen auf.

Ein Infusionsschlauch schlängelte sich von meiner Hand nach oben bis zu einem durchsichtigen Beutel mit Flüssigkeit. Ich strengte mich an, konnte den Aufkleber darauf aber nicht lesen. Mein Arm sah seltsam aus. Gestreift. Dann wurde mir klar, dass er vom Ellenbogen abwärts sauber war und alles andere dreckig.

Ich lag in einem schmalen Bett. Meine Kopfschmerzen waren zum ersten Mal seit Ewigkeiten weg.

»Willkommen in der Welt.« Ein Typ mit Glatze und einer schwarzen Brille rollte auf einem Stuhl zu mir. »Ich bin Dr. Gary.« Er lächelte. »Du bist ziemlich fit, wenn man bedenkt ...«

»Ich will nicht drüber reden.« Die Worte waren praktisch schon draußen, bevor sie mir einfielen. »Entschuldigung.«

Dr. Gary schüttelte leicht den Kopf. »Nicht nötig.«

Mein Auge füllte sich und ich wischte mit den Fingern darüber, dann hielt ich sie hoch. Sie glitzerten. »Ich habe wieder Tränen.«

»Du warst sehr dehydriert.« Er deutete mit einem Kopfnicken auf den Infusionsbeutel. »Wir haben dir ein paar von denen gegeben.« Er lächelte. »Machen wir dich fertig, damit du aus diesen Sachen rauskommst und dich waschen kannst.«

Als er Handschuhe überzog, senkte ich den Blick.

Kein Wunder, dass ich dem anderen Typ das Hemd schmutzig

gemacht hatte. Zu dem Zeitpunkt hätte Robie im Wörterbuch als Synonym für Müll stehen können. So roch ich auch. Ich war dankbar, dass der Arzt kein Wort sagte. Er sah nicht so aus, als würde er die Luft anhalten, tat es aber. Ich hörte ihn einatmen und dann eine Weile nicht atmen, während er mein linkes Auge untersuchte.

»Dafür gebe ich dir ein paar entzündungshemmende Tabletten. Du hast eine sehr massive Prellung. Aber wenn die Schwellung zurückgeht, müsste es wieder in Ordnung sein.« Er warf einen Blick auf meine Nase, während ich erklärte, was passiert war.

Dr. Gary stand auf. »Das hat sich infiziert. Vermutlich war es besser, dass der Stecker ausgerissen wurde. Du bekommst Antibiotika. Und die Wunde nähe ich am besten mit ein paar Stichen.«

Ich hatte wohl das Gesicht verzogen, denn er sagte: »Ich bin gut. Es wird keine Narbe geben.«

Er reinigte meine Nase mit ein paar Tupfern und stinkendem Zeug, dann verließ er kurz das Zimmer.

Die Motoren rumpelten lauter, und ich spürte, dass wir uns bewegten. Wir fuhren ab. Ich schloss mein Auge.

Als ich es wieder aufschlug, stand der Arzt da, eine Hand schwebte über mir und hielt eine Spritze. »Das wird brennen, aber anschließend merkst du nichts von den Stichen.«

Ohne nachzudenken sagte ich: »Moment noch. Können Sie mir sagen, was schlimmer ist?«

Er stand da und zog die Brauen zusammen.

»Schlimmer?«

*Schlimmer.*

Schlimmer galt für jeden einzelnen der letzten … zehn Tage oder wie viele es auch immer waren.

Für jede einzelne *Minute.*

Niemand würde mir jemals wieder sagen müssen, was schlimmer war, weil ich schlimmer überstanden hatte.

Ich hatte schlimmer gelebt. Und ich hatte schlimmer überlebt.

Und so winkte ich ab. »Ist nicht wichtig.«

Das Brennen war nichts im Vergleich mit dem Schmerz, als der Diamant herausgerissen worden war. Und ich spürte keinen einzigen Stich.

»Meinst du, du kannst dich aufsetzen?«

Ich nickte und setzte mich auf, ohne dass mir auch nur schwindelig wurde. »Ich bin echt hungrig.«

Er rannte förmlich zu einem kleinen schwarzen Kühlschrank und öffnete ihn. »Willst du Vanille, Schokolade oder Erdbeere?«

Mir lief das Wasser im Mund zusammen. »Ja.«

Er grinste, nahm ein paar Dosen heraus und riss von einer den Verschluss ab. »Das ist ein Kaloriendrink. Lass dir Zeit, dein Magen muss sich erst wieder an Nahrung gewöhnen. Wir kommen viel länger ohne Nahrung aus als ohne Wasser. Weißt du, wie lange es her ist?«

Ich schüttelte den Kopf und warf einen Blick auf das Etikett, bevor ich einen Schluck nahm. Erdbeere. In meinem ganzen Leben hatte ich noch nie so etwas Wunderbares gekostet und wollte alles wegschlürfen. Ich trank Erdbeere aus und öffnete Schokolade.

Der Arzt lächelte. »Nachdem wir dich jetzt auf den Weg der Besserung gebracht haben, sollten wir vielleicht herausfinden, wer du bist.«

»Ich bin Robie Mitchell. Ich wohne auf Midway.«

»Dem Midway-Atoll?«

Ich nickte.

Seine Stirn kräuselte sich. »Ich bin gleich wieder da.«

Er ging und kam nach ein paar Minuten wieder zurück, mit

einem Blatt Papier in der Hand. Er hielt es vor mich, sodass ich das Foto betrachten konnte.

Das war ich. Vor ein paar Monaten auf Midway aufgenommen. »Wo haben Sie das her?«

»Sie haben es überall herumgeschickt, als du entführt wurdest.«

*Was?*

*Ich war nicht entführt worden.*

Er berührte mich mit einer Hand am Arm. »Deine Tante hat dich vor zwölf Tagen als vermisst gemeldet, nachdem ihre Freundin dich nicht in der Wohnung gefunden hat. Und ein paar Zeugen haben ausgesagt, dass sie gesehen haben, wie dich ein Typ in der Nähe von McDonald's in Honolulu angegriffen hat.«

Zwölf Tage? War das so lange her?

Er legte den Kopf ein wenig schief und blickte von mir zu dem Foto. »Aber mit den Zöpfchen siehst du dem Foto überhaupt nicht ähnlich.«

Ich verbannte die Bilder von McDonald's und dem Kerl und schüttelte den Kopf. »Ich bin nicht entführt worden. Ich war im Flugzeug.«

Dr. Gary fragte: »In welchem Flugzeug?«

»Dem Versorgungsflug nach Midway am einundzwanzigsten. Der G-1 von Oahu Air Services.«

Er fuhr sich mit der Hand durch das kurze, dunkle Haar. »Kann nicht sein.« Er sprach langsam, als müsse er mich überzeugen. »Diesen Absturz hat niemand überlebt.«

»Ich schon!« Warum hörte er mir nicht zu? Weil ich ein Teenager war? Max würden sie zuhören. Und ich wollte gerade sagen: »Fragen Sie Max.«

Aber ich sagte es nicht. Weil ich wusste, was sie finden würden, wenn ich es sagte. Oder vielmehr, was sie nicht finden würden. Max. Er war nicht auf der Insel, war nicht bei mir gewesen.

Außer an den ersten beiden Tagen im Floß. Obwohl ich das geglaubt hatte. Ich hatte mir ausgedacht, dass er für mich da war.

Ich hatte mir ausgedacht, dass er da war.

Ich hatte ihn mir ausgedacht.

Damit blieb nur ich. Die Einzige, die den Absturz überlebt hatte.

Da war niemand, um meine Geschichte zu widerlegen, meine Behauptungen zu bestätigen. Was ich sagte, würde wahr sein, vielleicht nur dieses einzige Mal. Niemand musste erfahren, was ich getan hatte. Niemand durfte je erfahren, dass ich Max im Stich gelassen hatte.

Dr. Gary stand auf. »Ich muss jemanden daransetzen, eine Satellitenverbindung nach Midway herzustellen. Wir müssen deine Leute verständigen.« Er kehrte ein paar Minuten später zurück. »Sie sagen, dass wir vielleicht erst morgen durchkommen, Midway hat Probleme mit dem Satelliten.«

Ich seufzte. »Wie üblich.«

»Ich sage dir sofort Bescheid, wenn wir eine Verbindung haben. Willst du versuchen, ob du aufstehen kannst?«

Dr. Gary hielt mich am Ellenbogen, und ich schwankte ein bisschen, konnte aber mit seiner Hilfe ein paar Schritte gehen. Er zog den Infusionsständer mit und führte mich zu einer Waage. Er versuchte zu verhindern, dass ich die Zahlen las, aber die erste konnte ich entziffern. Es war eine vier.

Ich fragte: »Darf ich mich waschen?«

Er runzelte die Stirn. »Wie fühlst du dich?«

Ich sagte: »Schmutzig.«

Er nickte. »Wie wär's, wenn du dich noch ein bisschen ausruhst und wir sehen dann weiter?«

Ich kehrte zum Bett zurück, legte mich wieder hin und schloss die Augen, nur um nicht zu widersprechen, schlief aber sofort ein.

Als ich aufwachte, fühlte ich mich erholt und trank noch einen Shake.

Dr. Gary prüfte meine Vitalparameter, schien sehr zufrieden und zog die Infusionsnadel aus meiner Hand. Dann kam die rothaarige Frau vom Strand, um zu helfen. Sie sagte, sie heiße Kristen und sei zweiundzwanzig, Studentin. Sie brachte mich in einen Raum mit zwei Kojen, einem Schreibtisch mit Stuhl und einem eigenen Bad. »Sieht so aus, als würden wir den Rest der Reise hier zusammen verbringen.«

Ich fragte: »Reise wohin?« Ich wollte nicht nach Honolulu zurück. Ich wollte nicht in ein Flugzeug steigen, um nach Midway zu kommen. Ich konnte nicht. Mein Herz schlug schneller.

Sie lächelte. »Wir klappern die Inseln ab. In einer Woche müssten wir dich zu Hause haben.«

»Zu Hause?« Die Worte fühlten sich seltsam an.

Sie nickte. »Genau. Midway liegt auf unserer Route. Ist das nicht ein Glück?«

*Verdammt viel Glück.*

Sie ging Sachen für mich holen, und ich blieb unsicher stehen, an die Wand gelehnt, weil ich nichts berühren wollte, um nicht noch etwas schmutzig zu machen.

Kristen kehrte mit einem Stapel weißer Handtücher und einer Auswahl an Shampoos, Pflegespülungen und Zahnpastatuben in Hotelgröße zurück.

Ich lächelte und wollte ihr die Handtücher abnehmen.

»Warum springst du nicht unter die Dusche? Ich kümmere mich dann um deine Kleider.« Sie musterte mich. »Soll ich sie für dich waschen?« Sie wirkte skeptisch.

Ich schüttelte den Kopf. »Ich will sie nie wieder sehen.«

»Es gibt hier jemanden mit deiner Größe. Ich schaue mal, was ich auftreiben kann. Wir haben alle Sachen zum Wechseln dabei. Hier draußen gibt's nicht viel Gelegenheit zum Einkaufen.«

Sie brachte die Sachen ins Bad. Ich hörte die Dusche rauschen. Sie kam wieder zurück. »Wirf einfach deine Sachen raus, wenn du drin bist.«

Ich stand da und rührte mich nicht.

»Brauchst du Hilfe, Robie?«

Wie lange war es her, dass mich jemand beim Namen genannt hatte? Ich schluckte. Eine Träne lief mir über die Wange. »Ich dachte, ich würde mich nie wieder sicher fühlen.«

Kristen trat vor und umarmte mich. Ich blieb starr stehen. Sie roch so gut, mir war so peinlich, wie ich riechen musste. Aber sie ließ nicht los, bis ich zurücktrat.

Sie fragte: »Alles in Ordnung?«

Ich nickte und ging ins Bad. Ich schälte mich aus meinen Sachen und ließ sie auf einen Haufen fallen, dann trat ich unter die Dusche.

Die Dusche war vermutlich Standard für NOAA-Forschungsschiffe, irgendwie blechern und klein, aber ich fand sie himmlisch. Der klägliche Wasserstrahl war wenigstens heiß und tröpfelte über meine Haut und in meine Seele. Ich stand ewig da, ohne mich zu rühren, erst dann seifte ich mich ein.

Ich verbrauchte alle vier Fläschchen Duschgel und drei Waschlappen, bis ich fertig war. Der erste Waschlappen war fast schwarz, der zweite grau und der dritte hinterher tatsächlich immer noch weiß. Und dann wusch ich mein verfilztes Haar drei Mal.

Das Wasser fing an, kalt zu werden, und das war mein Zeichen, aufzuhören. Zögernd stieg ich auf die Gummimatte. Ich trocknete mich ab, genoss, wie heiß und dampfend sich mein Körper anfühlte. *Wie sauber.*

Meine Sachen waren weg.

Ein Stapel fremder Kleidung lag neben der Zahnbürste auf dem Edelstahl-Waschtisch. Ich ließ sie liegen, stand im Handtuch da und putzte mir die Zähne so oft, dass ich die kleine Tube Zahnpasta leerte. Ich konnte nicht aufhören, mir mit der Zunge über die Zähne zu lecken, die sich so glatt anfühlten. Dann trocknete ich mich fertig ab und wandte mich der Kleidung zu.

Obendrauf lag ein marineblaues T-Shirt mit langen Ärmeln und einem weißen NOAA-Aufdruck auf der Vorderseite. Darunter war ein weißer Sport-BH, der brandneu aussah, und ein pinkfarbener Slip, an dem noch das Preisschild hing. Ganz unten lag eine schwarze Sweathose. Ich zog mich schnell an, die frischen, weichen Sachen fühlten sich so gut an auf meiner Haut, obwohl sie ein bisschen zu groß waren. Mein Magen knurrte.

Eine Stimme ertönte hinter der geschlossenen Tür. »Bist du bereit für's Abendessen?«

Kristen. Sie musste die ganze Zeit gewartet haben.

Ich öffnete die Tür.

Sie lächelte. »So siehst du schon viel besser aus.«

»Ich fühle mich auch viel besser.« Ich legte eine Hand auf meinen Bauch. »Und ich habe Hunger.«

»Dann kümmern wir uns mal ums Essen.«

Am nächsten Morgen wachte ich zwischen warmen Laken auf, die nach Frühling rochen. Ich streckte Arme und Beine, gähnte mit einem zufriedenen Seufzer, genoss das weiche Bett unter mir. Ich fuhr mit den Händen durch mein weiches, sauberes Haar. Es dauerte zwei Stunden, in denen ich meistens döste, während Kristen und eine andere Frau meine Cornrows lösten, und dann wusch ich mein Haar ein viertes Mal. Es war nicht mehr ganz so voll wie vorher, aber ein geschickt platzierter Pony würde die kahle Stelle vermutlich verdecken.

All das passierte jedoch erst, nachdem ich gegessen hatte. Das Abendessen fand in meinem Bett statt. Ich sehnte mich zwar nach einem Cheeseburger mit Pommes, aber Dr. Gary meinte, leichtes Essen wäre besser als etwas Fettes. Kristen brachte mir Käse und Brot und eine geschälte Orange, und ich war pappsatt, bevor ich den Teller halb geleert hatte. Mein Magen war vermutlich ziemlich geschrumpft.

Aber nachdem ich eine Nacht durchgeschlafen hatte, konnte ich wieder essen.

Ich setzte mich auf und griff nach einer der vier vollen Wasserflaschen, die auf meinem Nachttisch standen. Ich schüttete fast die Hälfte in mich hinein, dann öffnete ich die oberste Schublade gerade weit genug, um nach den Müsliriegeln zu sehen, die Kristen am vergangenen Abend dort untergebracht hatte. Ich schob sie wieder zu.

*Sind alle noch da.*

Jemand klopfte an meine Tür. Ich war in der Nacht zweimal aufgewacht, weil Dr. Gary meine Vitalparameter überprüfen wollte, aber immer gleich wieder eingeschlafen. Ich hatte nur das T-Shirt anbehalten, deshalb zog ich mir schnell die Sweathose an.

Kristen stand davor. »Guten Morgen! Hast du ausgeschlafen?«

Ich nickte und gähnte wieder. »Fühlt sich gut an.«

»Midway hat die Verbindung repariert, und wir konnten deinen Eltern mitteilen, dass du in Sicherheit bist. Wenn du so weit bist, rufen wir sie wieder an, dann kannst du selbst mit ihnen sprechen.«

Barfuß folgte ich ihr auf die Brücke, versuchte, nicht loszurennen, was mir äußerst schwerfiel. Ich wollte unbedingt mit meiner Mom und meinem Dad sprechen. Die letzten zwölf Stunden waren mir genauso unwirklich vorgekommen wie die ersten zwölf nach dem Absturz der G-1. Ich brauchte einen Beweis, dass ich die Insel wirklich hinter mir hatte. Dass ich wirklich gerettet war.

Die Brücke war ein riesiger Raum mit großen Fenstern, die

aufs Meer hinausschauten. Nichts außer Wasser. Ich wandte mich ab.

Kristen sagte: »Das ist Joe, er wird sich um dich kümmern.« Sie drückte meine Schulter und ging.

Joe war groß und dünn und hatte ein sympathisches Lächeln. Er fummelte ein bisschen herum und reichte mir dann das Telefon.

Die Verbindung knisterte und wurde ab und zu unterbrochen, aber es klingelte am anderen Ende. Mein Herz klopfte, und meine Hände zitterten so sehr, dass ich das Telefon beinahe fallen gelassen hätte.

*Klick.*

Die Stimme war atemlos und ängstlich. »Hallo?«

»Mommy!« Mehr konnte ich nicht sagen.

»Robie, Gott sei Dank!«

Und dann konnte ich nur noch schluchzen und nach Luft japsen, während meine Mom am anderen Ende immer wieder sagte: »Alles wird gut. Alles wird gut.«

Ich glaubte ihr.

Und als es Zeit wurde, aufzulegen, hatte ich immer noch nicht mehr gesagt. Joe nahm mir das Telefon ab und legte einen Arm um mich. »Es wird alles wieder gut.«

Ich beschloss, auch ihm zu glauben.

# EPILOG

In weniger als einem Tag werden wir auf Midway anlegen. Ich bin so aufgeregt, dass ich die ganze Nacht nicht schlafen konnte. Das Warten war mir zwar schwergefallen, aber davon abgesehen hatte die vergangene Woche auf dem Schiff beinahe Spaß gemacht.

Die Leute brachten mir ständig was und ich habe einen ganzen Stapel T-Shirts und Kappen und Pflegeprodukte. Wir haben Filme gesehen und Videospiele gespielt. Und gegessen. Ich habe viel gegessen. Allerdings nicht genug, um mich von dem Vorrat an Müsliriegeln in meinem Nachttisch zu trennen. Wenn ich sie bis auf einen aufgegessen habe, gehe ich in die Kantine und hole Nachschub, nur zur Sicherheit.

Ich packe gerade meinen neuen NOAA-Seesack, als es an der Tür klopft. Ich öffne sie und sehe Brian, den ersten Typen vom Strand. Er sagt: »Wir haben noch deine Sachen. Ich wollte nicht, dass du sie vergisst.«

Ich drehe mich zum Bett um, zu dem ganzen Kram, den ich in den Seesack packen will. »Welche Sachen?«

Er deutet hinter sich. »Von der Insel. Die Sachen, die wir beim Floß und auf der Düne bei deinem Lagerfeuer gefunden haben. Wir sind davon ausgegangen, dass du sie vielleicht behalten willst.«

Ich hole tief Luft, ein bisschen zittrig. Wollte ich irgendwas davon? Wollte ich erinnert werden?

»Willst du vielleicht wenigstens einen Blick drauf werfen?« Er muss mein Zögern bemerkt haben. »Wir können sie loswerden, wenn dir das lieber ist.« Er grinst. »Es gibt genügend Abnehmer für die Glaskugel.«

Ich nicke. »Ich sehe sie mir an.« Ich schlüpfe in ein paar weiße Flip-Flops, die mir jemand geschenkt hat.

Er führt mich in eine Art Lagerraum mit Tonnen und Kästen aus Metall.

Ich trete ein und erstarre. Da auf dem Boden liegt das Floß, zusammengefaltet. Es sieht so klein aus.

»Hier.« Er deutet auf einen Tisch, wo ich die Glaskugel liegen sehe. Und den Weihnachtsmann. Und Max' Gürteltasche.

»Die Glaskugel und der Nikolaus gehören mir.« Ich schlucke. »Aber die Tasche nicht.«

Brian dreht sich zu mir um. »Wem gehört sie dann?«

»Max.« Ich schlucke. »Max ... Cameron. Dem Copiloten.«

Er kneift die Augen zusammen. »Der bei dem Absturz umgekommen ist?«

Ich habe noch niemandem von dem Absturz erzählt. Sie wissen nur, was sie irgendwo gehört haben. »Er ist nicht bei dem Absturz umgekommen.«

Pfeifend zieht Brian die Luft ein und setzt sich auf eine Tonne. »Weißt du das genau?«

Ich nicke. »Er hat mich nämlich gerettet. In das Floß gezogen.«

Er blickt auf das Floß. »Es ist total zerfetzt.«

Das Bild von jenem Tag blitzt in meinen Gedanken auf und ich kann nicht weitersprechen.

Er schüttelt den Kopf. »Du hast wirklich Glück gehabt, dass du das alles überlebt hast, weißt du.«

»Ich weiß.« Ich öffne Max' Tasche. »Glauben Sie, dass jemand die Verladeliste braucht?«

Er nickt. »Kann schon sein. Vermutlich werden sie dir eine Menge Fragen stellen.«

»Dachte ich mir schon.« Ich seufze.

Er blickt auf seine Uhr. »Ich bin gleich wieder da. Kommst du allein zurecht?«

»Klar.« Ich schaue ihm nach, dann gehe ich zum Floß. Ich trete mit einem Flip-Flop gegen den Rand und das Gummi quietscht. Das Floß hat keine Luft mehr. Kein Leben. Es hat nichts mehr.

Ist es überhaupt noch ein Floß? Oder bloß noch gelbes Gummi?

Ich hocke mich neben das Floß und fasse es an.

Wie viele Stunden habe ich in dem Ding gesessen und gehofft? Auf Rettung gehofft?

Und Max. Das Floß war der Ort, an dem sein Leben zu Ende ging. Der Ort, an dem er seine letzten Worte gesprochen hat. Und ich war die Einzige, die sie gehört hat.

Ich nehme die Gürteltasche an mich, greife hinein und ziehe den Spiralblock heraus. Ich setze mich, überkreuze die Beine und wende mich den letzten ungelesenen Seiten zu, Max sollte ein letztes Mal zu mir sprechen.

*Brandys Mutter gab mir die Schuld. Warum auch nicht? Sie wollte mich nicht bei der Beerdigung sehen. Ich musste warten, bis alles vorbei war, bis die Zeremonie auf dem Friedhof beendet war. Ich ging nach Einbruch der Dunkelheit hin, kniete neben dem frischen Erdhügel nieder. Es gab noch keinen Grabstein, nur den Erdhügel. Ich legte mein Gesicht hinein. Wo meine Tränen in die Erde flossen, wurde sie zu Schlamm.*

*Ich blieb, bis die Sonne aufging.*

*Am folgenden Tag meldete ich mich bei der Nationalgarde. Ich musste weg. Nicht nur vom College. Weiter weg. Einige Wochen später hatte ich gepackt und war zum Aufbruch bereit. Ein Wagen fuhr in die Einfahrt und es klingelte an der Tür. Ich öffnete und sah die Kunstlehrerin vor mir stehen. Ich wusste nicht einmal, wie sie hieß. Ich hatte nie Kunst belegt.*

*Sie lächelte und reichte mir einen kleinen Samtbeutel. Sie sagte, er sei von Brandy. Dabei war ein kleines Kärtchen, auf dem mein Name stand.*

*Ich öffnete den Beutel und steckte einen Finger hinein. Ich zog ein schwarzes Band heraus, an dem eine längliche Silberplatte hing. Auf der einen Seite sah ich ein schwarzes Spiralmuster und betrachtete es genauer. Ein Daumenabdruck.*

*Ich drückte es instinktiv an meine Lippen, dann spürte ich, dass sie mich ansah. Ich ließ den Anhänger sinken. Er war schön.*

*Die Lehrerin streckte die Hand nach dem Anhänger aus. Ich reichte ihn ihr. Sie drehte ihn um und zeigte mir die glatte Rückseite. Dann erklärte sie, dass Brandy vorgehabt hätte, dort meinen Daumenabdruck einzugravieren.*

*Alles verschwamm vor meinen Augen, und ich begriff, dass ich weinte. Ich drückte den Anhänger an mein Herz.*

*Und deshalb trage ich ihn. Er ist alles, was mir von ihr geblieben ist. Er gibt mir das Gefühl, dass sie immer noch bei mir ist. Dass mir ein kleines Stück ihrer Seele geblieben ist.*

Ich bin total gerührt und schlucke. Ich klappe den Deckel des Notizblocks zu und lese zum letzten Mal, was mit Filzstift darauf geschrieben steht:

*Max Cameron. Therapeutisches Tagebuch.*

Ich verstaue es wieder in der Gürteltasche. In dem Moment, an diesem Ort, beschließe ich, mit Max' Familie Kontakt aufzunehmen, um seinen Eltern das Buch zu geben. Ihnen zu sagen, dass mir Max das Leben gerettet hat. Und nicht nur, indem er mich aus dem Wasser gezogen hat.

Ich will gerade aufstehen, da entdecke ich etwas, das in den Falten des Floßes klemmt.

Ich greife danach …

… und ziehe das schwarze Band heraus, der silberne Daumenabdruck baumelt in der Luft.

Meine Kehle ist wie zugeschnürt, ich schluchze.

Unmöglich.

*Unmöglich.*

Der Anhänger hat seinen Platz an Max' Brust nie verlassen. *Max hat ihn nie abgelegt.*

»Das kann nicht wahr sein.«

Ich umschließe das Silberstück mit meiner Hand und es ist warm. Von meiner Berührung?

»Max.«

Ich öffne meine Hand und drehe das Silberstück auf die blanke Seite. Aber sie ist gar nicht blank. Da ist noch ein Daumenabdruck. Ich lege meinen Daumen darauf, aber dieser ist viel größer als der andere. Es ist der Daumenabdruck eines Mannes.

*Max?*

Ich lege eine Hand über meine Augen und bleibe sitzen, den Anhänger fest in der anderen Hand.

Jemand klopft an die Tür und ich springe auf, drücke mir die Faust mit dem Anhänger an die Brust.

Ein Typ steckt den Kopf herein. »Noch ungefähr zwei Stunden bis Midway.«

Ich lächle schief und nicke. Dann nehme ich die Glaskugel an mich und halte sie im Arm, ohne mich an dem salzigen, modrigen Geruch nach Fisch und Meer und alten Muscheln zu stören.

Er will wieder gehen, dann sagt er: »Kommst du klar, so ganz allein da drin?«

Er geht erst, nachdem ich ihm versichert habe, dass ich klarkomme.

Weil ich nicht allein bin. Ich öffne meine Hand und betrachte den Anhänger.

Zumindest glaube ich, dass ich nicht allein bin.

Und es vielleicht auch nie war.

# MEIN DANK GEHT HINAUS AN:

Meinen Agenten Scott Mendel und meine Lektorin Liz Szabla. Ohne sie wäre dieses Buch nie geschrieben worden. Bestimmt nicht.

All die großartigen Menschen bei Feiwel and Friends/Macmillan, die für mich und meine Bücher Zeit und Mühe aufgebracht haben. Ich danke ihnen sehr.

Matt Jaeger, der mir zu meinen Formulierungen immer die Wahrheit gesagt hat, vor allem dann, wenn ich sie nicht hören wollte.

Tracy Boden Wachtler, die mir Bodypiercing aus erster Hand beschrieben hat, sodass ich mir die schmerzhafte Form der Recherche sparen konnte.

Stephanie Boman, die mir eine Berghütte zur Verfügung gestellt hat, um mich zurückzuziehen und den ersten Entwurf herauszuhauen, einschließlich Skittles zählen.

Karen Dismore, die mir geduldig zugehört hat, wenn ich buchstäblich ellenlang über sinnlose Handlungsstränge geschwafelt habe.

Die Thompsons und die Becks, die mir verdeutlicht haben, dass ich mich überall mit lustigen Leuten umgeben kann, sogar in der trostlosen High Desert in Eastern Oregon.

Maranda Robbins, Eigentümerin der großartigen Buchhandlung The Book Parlour in Burns, Oregon, die meine Bücher immer unterstützt hat.

Und schließlich hätte ich dieses Buch nicht schreiben können ohne die Gelegenheit, auf einem abgelegenen Atoll im Pazifik zu wohnen. Diese Erfahrung verdanke ich meinem Ehemann sowie meinen beiden klugen und hübschen Töchtern, die sie zu einem Abenteuer und unvergesslichen Familienerlebnis gemacht haben. Das Buch ist meine irgendwie verdrehte Liebeserklärung an Midway, einen Ort, der mir das Herz gestohlen hat, in dem Moment, als ich aus der G-1 ausgestiegen bin. (Glücklicherweise ist sie nie abgestürzt, wenn ich an Bord war.)

Katja Brandis

## Floaters. Im Sog des Meeres

Roman, 473 Seiten (ab 14), Beltz & Gelberg 81194
Ebenfalls als E-Book erhältlich (74518)

Das Jahr 2030: Im Pazifik treibt ein gigantischer Teppich aus Plastikmüll. Der Umweltaktivist und Milliardär Benjamin Lesser will das Meer säubern und den Müllstrudel recyceln. Mit an Bord seines Spezialschiffes sind die Zwillinge Danilo und Malika. Doch Müll-Piraten und »Floaters« haben längst begonnen, die Abfälle auszubeuten, sie verteidigen erbittert ihr Revier. Und mitten auf dem Pazifik trifft Malika einen Jungen, dem sie nie hätte begegnen dürfen …

Matt Dickinson

## Die Macht des Schmetterlings

Aus dem Amerikanischen von Alan C. Lyne
Roman, 352 Seiten (ab 14), Gulliver 74593

Ein Schmetterling erschreckt ein Kaninchen und löst dadurch eine katastrophale Kettenreaktion aus, die das Leben von Menschen an verschiedenen Orten der Welt beeinflusst, verändert oder gar beendet. Von einem Mädchen auf dem Mount Everest über einen Jungen in Afrika, einer Pilotin in England oder einem Attentäter in Amerika. Ihre Schicksale sind unausweichlich miteinander verwoben, das Chaos kennt keine Grenzen. Doch wer von ihnen wird am Ende überleben – und wie?

GULLIVER
www.beltz.de
Beltz & Gelberg, Postfach 10 01 54, 69441 Weinheim

Emery Lord

## Open Road Summer

Aus dem Amerikanischen von Jessika Komina und Sandra Knuffinke
Roman, 380 Seiten (ab 13), Gulliver 74524
Ebenfalls als E-Book erhältlich (74534)

Es soll der Sommer ihres Lebens werden: Reagan hat sich gerade von ihrem Freund getrennt und will endlich ihr Leben in den Griff kriegen. Sie begleitet ihre beste Freundin, den Country-Star Lilah Montgomery, auf ihrer ausverkauften Tour durch die USA. Lilah hat selbst mit Liebeskummer zu kämpfen und die beiden Mädchen vertrauen auf ihre unendliche Freundschaft. Bis der charismatische Matt Finch als Opening Act angeheuert wird und nicht nur Reagans Gefühle komplett durcheinanderbringt …

Eric Walters

## We all fall down

Aus dem Amerikanischen von Maria Zettner
Roman, 224 Seiten (ab 13), Gulliver TB 74249

New York, 11.09.2001, 08:46 Uhr:
Will und sein Vater befinden sich im Südturm des World Trade Centers und können nicht fassen, was sie gerade beobachtet haben: Ein Passagierflugzeug ist in den Nordturm geflogen – er steht in Flammen. Noch bevor sie einen klaren Gedanken fassen können, erschüttert eine gewaltige Explosion ihren eigenen Turm. Ab jetzt zählt jede Sekunde …

GULLIVER www.beltz.de
Beltz & Gelberg, Postfach 10 01 54, 69441 Weinheim